índice

Hay un nombre para lo que siento 1
Los fuegos artificiales de Raymond 8
Mi lengua torcida 17
Una cajita roja 24
Freno y cambio 29
Agapito 39
Trayectoria 41
Costuras chuecas 45
Toque de cera 56
La mujer desnuda de la calle Poplar 60
Reconocimientos 68
Sugerencias para conversar 69
Sugerencias para escribir 72
Sobre la autora 75

Para mis extraordinarias amigas

Cathy Adams
y
Kathleen Maloney

HAY UN NOMBRE PARA LO QUE SIENTO

Cuentos

10.95 (L)

Diane Gonzales Bertrand

Traducción al español de
Gabriela Baeza Ventura

PIÑATA BOOKS

PIÑATA BOOKS
ARTE PÚBLICO PRESS
HOUSTON, TEXAS

There's a Name for this Feeling: Stories / Hay un nombre para lo que siento: Cuentos ha sido subvencionada por la Ciudad de Houston por medio de Houston Arts Alliance.

¡Los libros piñata están llenos de sorpresas!

Piñata Books
An imprint of
Arte Público Press
University of Houston
4902 Gulf Fwy, Bldg 19, Rm 100
Houston, Texas 77204-2004

Diseño de la portada de Giovanni Mora

Bertrand, Diane Gonzales.
There's a name for this feeling: Stories / by Diane Gonzales Bertrand ; Spanish translation by Gabriela Baeza Ventura = Hay un nombre para lo que siento: Cuentos / por Diane Gonzales Bertrand ; traducción al español de Gabriela Baeza Ventura.
p. cm.
Summary: A bilingual collection of ten contemporary stories of mixed-up emotions, humorous mistakes, misguided actions, and unspeakable sorrows. Includes discussion questions and ideas for writing.
ISBN 978-1-55885-784-1 (alk. paper)
[1. Interpersonal relations—Fiction. 2. Hispanic Americans—Fiction. 3. Short stories. 4. Spanish language materials—Bilingual.] I. Ventura, Gabriela Baeza, translator. II. Title. III. Title: There is a name for this feeling. IV. Title: Hay un nombre para lo que siento.
PZ7.B46357The 2014
[Fic]—dc23

2013038057
CIP

∞ El papel utilizado en esta publicación cumple con los requisitos del American National Standard for Information Sciences—Permanence of Paper for Printed Library Materials, ANSI Z39.48-1984.

Impreso en Estados Unidos de América
abril 2014–junio 2014
Versa Press, Inc., East Peoria, IL
12 11 10 9 8 7 6 5 4 3 2 1

HAY UN NOMBRE PARA LO QUE SIENTO

¿Cómo puede ser que Rodrigo haya cometido un error tan torpe? ¿Romper conmigo? ¿En serio? De repente me dijo que era hora de un cambio y que tuviera un lindo verano. ¿De verdad? ¿Después de que yo había hecho planes para que hiciéramos todo juntos? Me quedé callada y no hice ningún drama, para que se diera cuenta de que tenía una novia perfecta y volviera conmigo. Sólo necesitaba tiempo para recordarme: siempre tomándolo de la mano, haciendo mi tarea en las gradas mientras el terminaba con el entrenamiento de baloncesto, buscándolo en la cafetería para comer juntos, poniéndo notitas adentro de su casillero sólo para decirle *Te quiero*.

El día después de que rompimos, ideé el plan perfecto para hacerlo cambiar de opinión.

Iban a celebrarse dos bodas en un mismo día. Mi prima Aida había conocido a Tomás en la facultad de leyes y se iban a casar dos semanas después del sábado. Pero el hermano mayor de Rodrigo, Andre, también se iba a casar. Si iba a la boda de Andre y Verónica, tendría el escenario romántico que necesitaba para volver con Rodrigo.

El día de la boda había un caos total en mi casa. Mi papá iba saliendo tarde para el trabajo y mi mamá intentaba ayudarnos a todos a vestirnos. Decidí hablar justo en medio de toda la conmoción. Siempre era más fácil conseguir lo que quería de Mamá cuando ella estaba demasiado ocupada para pensar. Se veía cansada y con la cara mojada de transpiración cuando la arrinconé en el pasillo para contarle mi plan.

—¿Para qué quieres ir a *esa* fiesta, Lucinda? —preguntó Mamá. Tenía las camisas blancas de mis hermanitos en las manos, cada una ya limpia y bien planchada.

—Mamá, ya te dije que me invitaron —dije—. Debo ir.

Frunció el ceño mientras me respondió —¿Y qué va a pasar con Aida y Tomás? Ella es tu prima. Me preguntarán "¿Dónde está Lucinda?" ¿Qué les voy a responder?

Suspiré. Mamá era tan predecible. No era difícil hacer planes si siempre sabías lo que iba a decir. —Mamá, de verdad no es gran cosa. Con tanta familia allí, ¡nadie me echará de menos!

Pensó en algo más. —¿Cómo vas a ir? Todos nosotros iremos a la boda de Aida.

Yo ya tenía lista una respuesta. —No hay problema, Mamá. Andre y Verónica se van a casar en la universidad. La boda de Aida será en San Judas. Están a menos de dos millas de distancia una de la otra. Pedro me puede llevar. En todo caso no hace más que estudiar. —Había repasado cada detalle en mi mente, hasta había consultado un mapa. Tenía todas las respuestas listas. Tal vez yo debería ser la próxima en ir a la escuela de leyes.

Mamá me observó con el ceño levemente fruncido otra vez. Luego asintió y dijo —Ve si quieres. Le diré a Pedro que te dé un aventón. —Se alejó llamando a mi hermana y a mis hermanitos para que vinieran a cambiarse de ropa para la boda. Era maravilloso ser parte de una familia grande. ¿Quién se daría cuenta si yo no estaba allí?

Me vestí temprano para que Pedro me llevara a la universidad a la boda de Andre y Verónica. Desde que mi primo se vino a vivir a nuestra casa para terminar la universidad, jamás se quejaba de tener que llevarme a ningún lado. Me gustaba su forma de ser tan callado. Cuando nos subimos al auto, me preguntó —¿Por qué vas a la boda de otra familia, Lucy?

—¿Por qué no? Me invitaron. —*Buena respuesta*, pensé.

Se encogió de hombros y prendió el motor. Estaba tan orgullosa de mí misma. Todo se estaba dando exactamente como lo había planeado.

—Pasa por mí como a las cinco —le dije a Pedro antes de bajarme del auto enfrente de la capilla de la universidad. Me alisé el vestido azul con las manos y corrí por los escalones.

Entré a la capilla. La ceremonia ya había empezado. Discretamente encontré un asiento en el lado del novio. Inmediatamente, busqué a Rodrigo. En la banca de enfrente vi a sus papás, luego a su hermana mayor y a su esposo con su hijita Sally. Le estaba sonriendo a Rodrigo, quien llevaba un esmoquin negro.

Lucía tan guapo como cuando fue mi chambelán en mi quinceañera. Recuerdo que me dio tres rosas rosas. Tan romántico. Después, cuando bailamos, le dije —Apenas tenemos quince, pero sé que siempre estaremos juntos.

Esa noche no dejó de besarme y aceptar todo lo que le decía.

Por eso había hecho lo correcto en ir a esta boda. Y cuando Rodrigo me viera, volvería a estar de acuerdo conmigo.

Esperé hasta que terminó la ceremonia y vi al cortejo nupcial tomarse docenas de fotos frente al altar. Luego bajé por uno de los pasillos laterales. A las primeras personas que saludé fue a Andre y a Verónica. Estaban abrazando a todos, y Verónica hasta me dijo —Qué bueno que viniste.

Luego volteé a ver a los papás de Rodrigo. Los señores Almaraz no me abrazaron, y ambos parecían confundidos cuando me vieron. Empecé a decir —Felicidades —pero otras dos señoras los distrajeron. No me importó. En todo caso sería mejor hablar con ellos con Rodrigo a mi lado. Le di la mano a la hermana mayor de Rodrigo y a su esposo. Saludé a Sally quien me sonrió.

Sentí un millón de mariposas en el estómago cuando los ojos de Rodrigo y los míos por fin se encontraron. Se pasó los dedos por su oscuro cabello y movió la cabeza. Inmediatamente me dio la espalda y salió por una puerta lateral. ¿Qué pasó? Y ¡ahí caí en cuenta!

Siempre era tímido con las personas extrañas, y esta boda estaba repleta de ellas. No había problema. Encontraría la forma de que estuviéramos solos. Todos atravesaron el jardín hacia un edificio blanco decorado para la recepción de la boda, y yo los seguí. Adentro encontré el baño de mujeres y entré para ver cómo me veía. Me había puesto el vestido favorito de Rodrigo, el azul con ribete plateado. Mi pelo largo estaba rizado y brillaba. Me veía *muy* bien. Cuando salí a buscarlo, estaba lista para decirle "Todos cometemos errores. Te quiero. Volvamos".

Estaba sentado solo cerca de las ventanas que daban sobre el balcón. ¿Había escogido el lugar más romántico del salón sólo para nosotros? Le sonreí con una sonrisa grande, una sonrisa que sabía terminaría en el mejor beso de nuestras vidas.

Levantó la vista cuando aparecí, pero no se paró. Movió la cabeza y dijo —¿Qué estás haciendo aquí, Lucy?

Yo ya había repasado esta conversación en mi mente cientos de veces. Estaba lista para este momento. —Me invitaron, Rodrigo. Planeábamos venir a la boda juntos, ¿te acuerdas?

—Eso fue antes de que rompiéramos. —Levantó una ceja y dijo— ¿Qué si hubiera traído a otra chica?

Me reí como si eso fuera la tontería más grande del mundo. —Pero no lo hiciste. Y yo estoy aquí. ¿No estás contento de que viniera?

—No, no lo estoy —Rodrigo la miró con desdén—. Rompí contigo. ¿No entiendes? —se enderezó en la silla, sus labios apenas se movieron cuando dijo— No te quiero aquí, Lucy. Vete. Eres patética.

No podía respirar. Todos mis planes, mis respuestas perfectas, quedaron sofocados con el shock y la tristeza. Di un paso atrás y sentí que me temblaban las rodillas. Vi a mi alrededor un salón lleno de gente; sin embargo, jamás me había sentido tan sola en mi vida.

Rodrigo se levantó y se acercó a Andre y a Verónica. Estaban parados recibiendo a la gente y saludaban a sus invitados como lo haría cualquier pareja feliz.

Apenas si les sonreí. Y deseaba que cualquier persona que me viera tropezar hacia la puerta no estuviera pensando *qué está haciendo ella aquí.*

Me senté sola en los escalones de cemento afuera de la capilla. Rodrigo me había dicho que era patética. ¿Cómo pudo haberme dicho eso? Quería llorar, pero arruinaría mi maquillaje y en verdad *me vería* patética. Me puse a pensar en el verano. Las cosas que podría hacer con mis amigos, cosas que podría hacer con mi familia. Por lo menos tendría tres meses antes de tener que volver a ver a Rodrigo en la escuela.

Sólo miré mi reloj una vez antes de que Pedro apareciera en su carro. ¿Cómo era posible? Sentía demasiada vergüenza para llamarlo y pedirle un aventón. Pensé que no llegaría hasta por lo menos en una hora.

Me senté en el asiento de enfrente y dije —Llegaste antes.

—Tu mamá me dijo que era probable que terminaras antes lo que pensabas.

Me asomé por la ventana, me sentía triste y estúpida. En la boda de Aida, Mamá me estaría esperando con un gran *Te lo dije*.

Cuando Pedro y yo entramos a la otra recepción, de repente me sentí feliz de ver a gente conocida. A Pedro se lo llevaron unas primas de Guadalajara. Me quedé ahí parada por un segundo hasta que Papá pasó cerca de mí y me dijo —Qué bueno que ya volviste, mi'jita. Cuando la banda toque una polquita, bailamos, ¿sí? —Llevaba dos vasos de plástico con cerveza en las manos.

Mis abuelos me saludaron con la mano, estaban sentados con mis hermanitos. Y luego Aida vino hacia mí. Lucía increíble en su vestido bordado y velo suelto. Me dio un abrazo fuerte y dijo —Ay, ¿sabes adónde se fue mi nuevo esposo? ¿Lo viste, prima?

Cuando llegué a la mesa de mi familia, mis hermanitos estaban felices de decirme que no me había perdido la mejor parte, el pastel.

Por fin vi a Mamá. Llevaba un plato de carne deshebrada, arroz, frijoles y pepinillos. Puso el plato sobre la mesa y volteó hacia mí. Con el maquillaje y el pelo arreglado en un peinado, se veía hermosa. Pero si se lo decía ahora pensaría que estaba tratando salirme con la mía. Contuve la respiración, esperando que él *te lo dije* fuera rápido.

Inclinó un poco la cabeza cuando dijo —¿Cómo te fue con Rodrigo?

Abrí los ojos bien grandes. Había estado pensando todo el tiempo que Mamá era tan predecible, cuando era yo quien había cometido el mismo error que cometen otras chicas. Ya habían pasado más de dos semanas, y aún no había querido enfrentar la realidad. No puedes obligar a un chico a que te quiera.

Un sabor amargo se me arremolinó en la boca antes de decir —Fue un verdadero desastre, Mamá. Rodrigo no me quería en la boda. Y yo no tenía nada que hacer ahí.

Mamá me pasó un brazo por los hombros y me apretó hacia ella. —Aquí tienes tu lugar, Lucinda. Me alegro de que estés aquí ahora. Tu tía Lupe me pidió que sirviera el pastel en veinte minutos. ¿Me vas a ayudar, verdad?

Asentí y de repente abracé más fuerte a Mamá. Hay un nombre para esta sensación de cuando suceden dos cosas a la vez: una buena y una mala, pero lo recordaré después.

Por ahora disfrutaré de la fiesta y comeré pastel con mi familia.

LOS FUEGOS ARTIFICIALES DE RAYMOND

Sabía que si pasaba el Año Nuevo con Lorenzo y toda la familia Mesa sería mejor que pasar el aburrido día festivo en mi casa. Mi mamá y mi papá se duermen a las 10:30 y mis hermanas se adueñan de la tele para ver shows repetidos de *Sally Salinas Superstar*.

—No sé, Raymond —dijo mi papá al principio—. Los Mesas viven cerca de la fábrica de zapatos, ¿verdad? Dicen que hay mucho fuego artificial ilegal por allá.

Me hubiera gustado decirle, *¿y cómo sabes? ¡Siempre te duermes a las 10:30 en el Año Nuevo!* Pero sabía que si le respondía de manera grosera le daría una rápida excusa para no dejarme ir. Así es que le dije —La familia de Lorenzo festeja adentro de la casa. Sólo será su familia. Si voy, él tendrá alguien con quien platicar. No va a pasar nada malo. Ya conociste a su mamá y a su tío Tavo, ¿te acuerdas?

En el concierto de Navidad, Papá había conocido al tío de Lorenzo, Gustavo Meza, y descubrió que ambos se habían ganado $200.00 en la rifa del Súper Bowl —el mismo partido pero en distintas rifas. Después me dijo que Lorenzo y su familia eran amables. Y le recordé a Papá que no se podía tener amigos en el barrio si ibas a una escuela chárter (escuela particular subvencionada) que recibía a estudiantes de toda la ciudad.

De lo que me había olvidado hasta que llegué a la casa de Lorenzo Mesa es que cada tía, prima y mamá estaba demasiado lista para darme un beso. Había pasado lo mismo la última vez que vine, era como si fuera el mi'jo que acababa de regresar del ejército o algo parecido. Y como Lorenzo no se preocupaba por presentarme, todos suponían que también era un pariente. Eso es lo que sucede en una familia grande cuando todos hacen fiestas por la simple razón de que alguien trajo cerveza y hay carne asándose en la parrilla. ¿Qué más da otra persona en la mesa? ¿O alguien más a quién besar?

En la fiesta de Año Nuevo de los Mesa había suficiente comida como para alimentar a un país hambriento. También habían más familiares que sillas, demasiados bebés y un tipo flaco llegó con dos mañosos perros Chihuahua. Lorenzo empezó a molestarlos con la hoja de un tamal. Uno de los perros atrapaba la hoja con sus dientes puntiagudos y Lorenzo jalaba la hoja. En una de esas, el perrito blanco apretó los dientes y cuando Lorenzo jaló, levantó la hoja junto con el perro, como si hubiera atrapado a un pez con un anzuelo. Híjole, fue súper chistoso.

Después el Tipo Flaco le gritó a Lorenzo —¡Deja en paz al perro! —y Lorenzo soltó la hoja. El perrillo se alejó con la hoja en el hocico. Se escondió debajo de una silla cerca de la puerta de enfrente y siguió mordisqueándola.

—Ojalá y le dé diarrea —dijo Lorenzo. Luego me dijo— René y sus primos casi siempre encienden unos fuegos artificiales bien suaves que compran en México. Vamos a ver qué tienen este año.

—Sí, me gustaría verlos. —No conocía a René, pero sabía que pronto sería la medianoche y no me quería quedar atrapado en una casa con el montón de Mesas besuconas y el perrillo negro maloso que me mordió el tobillo cuando me paré junto a la puerta para ponerme la chamarra.

Estaba tan frío como un congelador cuando salimos al porche. Una cachetada de viento frío me hizo desear haberme puesto un pasamontañas sólo que dos tipos caminando por la calle con pasamontañas se vería muy mal. Estaba abrochándome la chaqueta cuando Lorenzo le dijo "¿Qué onda?" a los tres hombres que estaba parados juntos en el porche fumando cigarros porque la señora Mesa no dejaba fumar adentro de la casa.

—¿Adónde van? —dijo uno de ellos. Tenía puesto el gorro de la sudadera. Me tardé un segundo para identificar al tío Tavo.

—Vamos a la casa de René para ver los fuegos artificiales que trajeron de México —respondió Lorenzo—. ¡Ahí nos vemos!

—¡Esperen! —el tío Tavo nos tomó a los dos por el brazo—. No tienen que ir a esa casa para encontrar cuetes suaves, Renzo, aquí tengo unos.

—No tiene nada, Tío Tavo —dijo Lorenzo—. Probablemente sólo unos cuetes mojados.

—No. ¡Compré unos bien fregones! Los tengo en mi carro. ¡Vamos! —y como nos tenía tomados por el brazo, bajamos los escalones a tropezones a su lado. Cuando ya estábamos en la acera, jalé mi brazo para soltarme. Lorenzo hizo lo mismo.

Empecé a golpear una mano contra la otra para calentarme mientras seguíamos al tío Tavo hasta su lindo Chevy. Aunque la luz del porche y otros faroles encendidos eran la única forma de ver allí afuera, podía distinguir que el carro era nuevo y que lo mantenía bien limpio. Así que cuando abrió la cajuela me sorprendió ver el basurero que tenía: latas de soda vacías, unas cuantas bolsas de plástico de la tienda y una caja de herramientas medio oxidada. Metió la mano detrás de las bolsas y sacó una bolsa de papel medio rota de la que salían unos tubos.

—¿Qué necesitan para la madrugada? Lo tengo todo —dijo el tío Tavo.

Lorenzo metió la mano en la bolsa. —Gracias, Tío Tavo.

Su tío de repente apretó la bolsa hacia su pecho. —¡Un segundo! ¿Crees que les voy a dar esto a cambio de nada? ¡Veinte dólares!

—Si me presta diez, trato hecho —dijo Lorenzo, tan fresco como una lechuga.

—Por diez dólares, mejor lo prendo yo, cabrón.

—Ándale, Raymond, vámonos —me dijo Lorenzo, y le dio la espalda al auto.

—¡Esperen! Tengo otra cosa. Algo que no van a ver en esta calle —dijo el tío Tavo. Me puso la bolsa café en las manos, y empezó a mover las cajas en la cajuela.

Miré a Lorenzo y él me hice un guiño travieso. También asintió para indicar que le interesaba.

El tío Tavo sacó un tubo negro y grueso envuelto en papel de celofán. Nos hizo caminar alrededor de la cajuela para acercarnos a la luz del porche. Leí las palabras *La Cucaracha* en letras color naranja brillante. Vi una espoleta enrollada como un resorte y pequeñas tiritas naranja colgando del tubo como las patas de un ciempiés. Jamás había visto un cuete como ése, pero yo pertenecía a una familia que iba a Sea World para ver los fuegos artificiales. ¿Qué se sentiría ser el tipo que encendía el detonador?

Como si el tío Tavo percibiera que tenía a un pirómano a su lado, se volteó hacía mí y dijo —¡Prende esta madre y verás algo mucho mejor que los que prenden en Disneylandia! ¡Olvídate de México! ¡Este viene derechito de China!

Me asomé a la bolsa café que tenía en las manos y vi unos cuantos tubitos. Estaba seguro que si encendía todos esos cuetes a la misma vez, no tendrían la potencia y colores del tubo negro y grueso que el tío Tavo tenía en sus ásperas manos. Sin darme cuenta, salió una palabra de mi boca. —¿Cuánto?

—¡Cuarenta! —dijo.

—Te damos diez —saltó Lorenzo.

—Veinticinco —dijo Tío Tavo de inmediato.

—¡Quince! —dije sin saber siquiera si traía dinero.

—Veintidós.

Lorenzo dijo —Dieciocho.

—¡Vendido! —Y cuando el tío Tavo dijo eso, me sentí como si me hubiera encontrado diez dólares en la calle.

Fue una ilusión pasajera porque tenía que conseguir dinero pronto para comprar La Cucaracha. Encontré tres billetes en mi cartera. Lorenzo sacó unos cuantos dólares del bolsillo de su chamarra.

—¿Cuánto tienes? —me preguntó.

Si no hubiera sido por el dinero que la tía Licha me dio para la Navidad, no tendría nada. —Doce dólares.

—¡Es todo! ¡Yo tengo los otros seis! —dijo Lorenzo—. Tú lo puedes prender porque pusiste la mayor parte.

—Por supuesto que lo haré —le dije y pensé, *¡Gracias, Tía Licha!*

Y cuando estábamos a punto de pagarle al tío Tavo, la noche irrumpió en un montón de humo y ruido. Dos muchachos con chamarras gruesas pasaron corriendo cerca de nosotros con bengalas. El chisporroteo de los cohetes en botella voló por todas las casas a nuestro alrededor. Una serie de petardos explotó en el patio de al lado y un grupo de niñitas empezó a gritar. Señoras y niños chicos salieron de la casa de Lorenzo gritando desde el porche.

—¡Feliz Año Nuevo! ¡Feliz Año Nuevo! —las voces gritaban y los pum y pam silbaban a nuestro alrededor. Escuchamos un fuerte zumbido antes de que una cascada de rayos verdes, azules y rojos silbaran sobre el techo de una casa al otro lado de la calle. Jamás había visto algo así en donde yo vivía.

—¡Vamos! —Lorenzo me jaló la chaqueta—. ¡Vamos, qué empiece la fiesta!

Apreté con fuerza La Cucaracha y lo seguí por la calle. No recordaba haber estado tan entusiasmado. Tal vez cuando esperaba en una fila para subirme a la monstruosa montaña rusa o la vez que vi a uno de los basquetbolistas del equipo de los Spurs. Pero creo que este momento era más grande y mejor.

Llegamos a la curva y Lorenzo se detuvo de repente. —Necesitamos cerillos o un encendedor.

—Ve busca uno. Yo desenvolveré a este insecto malo —le respondí, no estaba listo para soltarlo. Cuando Lorenzo se alejó corriendo, quité cuidadosamente la envoltura de celofán y me la metí en el bolsillo de la chamarra.

Deslicé mis dedos sobre las letras naranja, las patitas de hilo en el tubo me hicieron cosquillas en la mano.

Después metí un dedo en el detonador enrollado. Me imaginé el estallido que haría antes de explotar en gloriosos colores sobre las casas en la calle de Lorenzo. Serían los fuegos artificiales de los que todos hablarían por varios días.

—El tío Tavo me prestó su encendedor. Será más rápido que usar cerillos. —Lorenzo estaba si aliento cuando llegó a la curva—. Se corrió la voz sobre la cucaracha. ¡Todos vienen a ver!

Ahí fue cuando vi al tío Tavo y a otros dos hombres parados junto a su carro. Cerca de los escalones de enfrente, unas señoras detenían a un grupo de niños chiquitos poniéndoles una mano firme en el hombro. Vi que toda la familia Mesa estaba parada en el porche, en los escalones y cerca del cerco para vernos prender la cucaracha. Hasta el Tipo Flaco estaba allí con los dos perros Chihuahua mañosos en sus brazos. ¿Cómo salieron todos tan rápido?

Lorenzo actuaba aún súper relajado mientras se tomaba el tiempo para ver a ambos lados de la calle. ¿Esperaba encontrar un lugar mejor o una patrulla?

De repente me di cuenta de que no tenía idea cuál debía ser el siguiente paso a seguir, pero fingí y dije —¿Falta algo más?

Me lanzó el encendedor. —¡Ponlo en el suelo y préndelo, Raymond! Veamos cómo vuela este endemoniado insecto! —Seguro que poseía el radar para detectar primerizos como el tío Tavo porque dijo —Ponlo en la curva, Raymond. Aquí. —Y señaló el asfalto quebrado con un hoyo del tamaño de un tazón.

Puse la base de la cucaracha en el suelo y di un paso atrás. Por alguna razón, no estaba tan emocionado como antes, pero sabía que en cuanto encendiera el detonador, y me parara con mi mejor amigo viendo el increíble fuego artificial, me reiría de mí mismo.

Por suerte, Lorenzo consiguió sacarle una llama al encendedor en el primer intento. Se rió cuando me lo entregó para que lo encendiera. Su risa me hizo reír también, lo cual me hizo ignorar el miedo que se agitaba en mi estómago.

La llama del encendedor ondeó en la noche fría, pero parecía tener hambre cuando tocó la base del detonador. Chisporroteó blanca como una bengala y quemó con rapidez hasta llegar al resorte.

—¡Corre! —gritó Lorenzo. Me sacó de la curva tan rápido que la llama me quemó los dedos y el encendedor se cayó a la tierra. Pero no dejé de correr hasta que llegamos al carro del tío Tavo y los otros en la cochera. Miré hacia arriba hacia todos los fuegos artificiales en el cielo negro y frío y me volvió el entusiasmo, esperaba que nuestra cucaracha sobresaliera como una pepita de oro en una caja de carbón.

PIIIP-PIIIP-PIIP, empezaron a sonar las alarmas de los autos en toda la cuadra. Vimos que el tubo de la cucaracha saltó dos pies en el aire antes de caer de lado derramando chispas naranjas, amarillas y moradas a su paso. La cosa se deslizó por la acerca, escupiendo llamas y haciendo ruidos explosivos como un manojo de petardos. Olía a huevos podridos.

Y las señoras empezaron a gritar, "Ay Dios mío" y subieron a los niños a los escalones. La gente en el porche se empezó a mover hacia la casa para meterse. El tío Tavo se quitó el gorro de la cabeza y masculló malas palabras en español cuando la cucaracha endiablada subió por la acera.

—¡Haz algo, Raymond! —gritó Lorenzo, sacudiéndome el brazo como loco—. ¿Qué si explota en mi casa?

Así es que hice algo que fue a la vez valiente y estúpido. Corrí hacia el tubo que escupía fuego y lo pateé en la dirección opuesta. Mientras giraba, fue como si alguien hubiera apagado el interruptor. La cosa se apagó, estaba oscura e inmóvil.

—¿Eso fue todo? —dijo el tipo flaco con los demás que estaban en el cerco. Bajó a sus dos perros y corrieron hacia el tubo negro ladrando y gruñendo.

No quería que la destruyeran, así es que levanté a mi cucaracha muerta y de repente grité. ¡Aún estaba caliente y me quemó los dedos! ¡Ay! ¡La solté bien rápido! Si los perros estúpidos querían morder un insecto caliente, adelante. No era como que podría llevarlo a casa como recuerdo. Lo que era peor, tendría que ir casa sin mis doce dólares de la tía Licha.

Me soplé los dedos quemados mientras caminaba hacia Lorenzo. Le estaba diciendo al tío Tavo —¡Es el peor cuete! Sólo hizo ruido y se arrastró por la acera.

Su tío se rió y dijo —Y ¿qué esperabas? Se llama *la cucaracha*, no *el cohete*.

Me habría reído también, pero me dolía la mano. Y cuando viera a mi papá y me preguntara sobre los fuegos artificiales ilegales, me haría el tonto. Tonto como el tipo que compra fuegos artificiales hechos en China pintados con palabras en español.

Mi lengua torcida

—¿Por qué no hablas español?

El hombre llevaba una guayabera floja y pantalones de vestir beige, y estaba parado enfrente de mi caja registradora. Habló en español cuando se acercó al mostrador. Entendí lo que dijo, pero le respondí en inglés. Su cara morena se frunció en una mueca de desaprobación. —¿No hablas español?

Le respondí de la manera más educada; como me habían entrenado. —No, señor.

—Sé que te llamas Ninfa Garcia por tu tarjeta de identificación, ¿por qué no hablas español? —su tono agresivo me tomó por sorpresa.

Tartamudeé. —Eh . . . en realidad nun . . . nunca lo aprendí.

—¿Y tus padres? ¿Hablan español?

—Sí, señor, sí. Sí lo hablan.

—Y, ¿por qué no te lo enseñaron?

—No querían que tuviéramos problemas en la escuela —le respondí. Había escuchado a mis papás repetir las mismas palabras tantas veces a mis parientes.

—¡Qué vergüenza tus padres! —declaró y chasqueó la lengua con desaprobación.

Las lágrimas me quemaron detrás de los ojos. Tenía dieciséis años, era mi primer trabajo y ahora un cliente había insultado a mi familia. Miré a mi alrededor, buscaba a mi supervisor, alguien, cualquier persona que tomara el control y atendiera a este hombre grosero para que yo no tuviera que hacerlo . . . pero no había nadie que me pudiera ayudar.

—Tu padre tendría que hacer hecho un mejor trabajo. —El hombre de la guayabera tiró el dinero sobre el mostrador y se alejó.

Me temblaban las piernas, como si un pequeño terremoto hubiera movido el suelo.

Recién había empezado la secundaria y estaba tomando mi primera clase de español. Esa noche calurosa de agosto, acabábamos de cenar y yo me estaba quejando de haber elegido esa clase, les comentaba a todos que era difícil recordar todas las conjugaciones verbales en español.

—Por lo menos escuchas español todo el tiempo —dijo Adela, mi hermana—. Intenta aprender latín como Santiago y yo en la prepa.

—Es una lengua muerta que nos ayudó a sacar mejores notas en la prueba de aptitud. —Rió mi hermano mayor—. Ni siquiera hay malas palabras en latín. Ni chistes.

Entonces mi papá repitió una de sus historias favoritas de cuando estaba en el ejército. Los soldados mexicanos de su compañía con frecuencia se contaban chistes unos a otros. Nos dijo que si había soldados anglosajones o afroamericanos escuchando todos se divertían durante el chiste en inglés hasta llegar a la mejor parte. Pero cuando llegaban al final cambiaban al español. Siempre se reía cuando imitaba a los otros que gritaban "Oye, ¡dilo en inglés!"

Esta historia también me hacía reír a mí.

Más tarde me senté en la cocina con mi mamá, sufriendo con la tarea. Aunque me iba muy bien en las pruebas de inglés sobre las categorías gramaticales, necesitaba ayuda con los verbos en español. Sabía sustantivos en español como *manzana, libro, gato, perro* pero hasta los verbos más fáciles como *hablar* y *trabajar* me hacían un nudo la lengua.

Mi papá había entrado a la cocina para sacar una cerveza del refrigerador. Me escuchó cuando dije —Mamá, ¿por qué no nos enseñaste español como lo hizo la mamá de Elena? Si habláramos español todo el tiempo, me sacaría As en español como Elena.

Mamá tocó con sus dedos el libro de texto. —Deja de quejarte, mi'jita, y acaba la tarea.

—Pero tú y papá hablan español tan bien. ¿Por qué no nos enseñaron? —pregunté, pensando en por qué no le había hecho esa pregunta antes.

Mamá me medio sonrió, y apoyó la mejilla en su mano. —Pero sí te enseñamos. Hablabas solamente español hasta que cumpliste cuatro años.

—¿Sí? —No me podía imaginar hablando sólo en español. Todos mis recuerdos eran en inglés. Aún con mis amigos imaginarios siempre hablaba en inglés; no importaba si eran de México, Francia o Japón—. No recuerdo nada de eso. Híjole, Mamá, ¿por qué me hicieron la vida *tan* difícil tú y Papá?

En vez de tomar la cerveza e irse al cuarto de la tele, mi papá vino y se sentó a la cabecera de la mesa. Lo observé con curiosidad, esperaba que contara otra historia divertida sobre los mexicanos que contaban chistes. Quería una distracción porque mi tarea de español no era nada divertida.

Mi padre se pasó el bote frío entre las palmas de las manos un buen rato, observando la mesa con detenimiento. Después levantó la vista y dijo —Estabas muy chica cuando tu hermano Santiago empezó a ir a la escuela. Ninguno de ustedes sabía mucho inglés porque todos sus primos hablaban español y ustedes jugaban con ellos. Los niños del barrio también hablaban español. Todos nuestros amigos nos dijeron que los niños aprendían inglés bien rápido cuando entraban a la escuela, por eso no nos preocupamos mucho.

Se detuvo un momento para mojarse los labios, y luego habló en un tono que jamás le había escuchado. —La mayoría de los maestros en la escuela hablaba español, pero a Santiago le tocó una maestra nueva, una gringa. Tenía el pelo rubio, te acuerdas, ¿Mamá? —miró a mi mamá.

Vi que sus labios se apretaron cuando asintió con la cabeza.

Observé a mi padre. Su tono se hizo más grave con cada palabra que pronunció. —Tu hermano sólo sabía español y unas cuantas palabras en inglés: *Apple, book, cat, dog,* palabras simples. No sabía cómo pedirle cosas a la maestra, especialmente no sabía cómo pedir permiso para ir al baño . . . —se le atoró la voz en la garganta, y sus ojos cafés de repente se llenaron de lágrimas—. Santiago se cagó en los calzones, allí en su pequeño pupitre.

Le corrieron las lágrimas por las mejillas y le mojaron el bigote negro. Sentí un dolor en mi corazón al ver llorar a mi padre. Mis propios ojos se llenaron de lágrimas calientes de vergüenza mientras lo escuché decir —Nos llamaron de la escuela para que fuéramos por él. Lo lavamos, y en la noche me senté en esta silla y le dije a tu mamá, *No más español. Mis hijos aprenderán inglés de ahora en adelante. Sólo les hablaremos en inglés. Quiero que les vaya bien en la escuela.*

Una cliente carraspeó, y yo moví mi cola de cabello sobre mi hombro, como si así me deshiciera de ese doloroso recuerdo. Le di una sonrisa falsa y parpadeé rápidamente para deshacerme de las lágrimas que no quería que ella viera.

Llevaba un vestido mexicano con flores bordadas, es un estilo típico de los turistas que visitan el Valle o de las mamás de edad que han perdido la figura. Lo único es que esta mujer joven llevaba unos aretes de colores y un collar rojo de cuentas grandes que hacen que el vestido luciera moderno y divertido.

—Sabes, lo que te dijo ese señor tiene sentido —me dijo.

Sentí que el estómago se me caía. *Ay no, ¡otra igual! ¿Qué es esto? ¿Día nacional para atacar a Ninfa?*

Leyó mi identificación.

—Ninfa, vives en una ciudad bilingüe cerca de la frontera. Así es que saber español es una buena habilidad. Pero ese señor no tenía por qué hacerte sentir vergüenza de tus padres y culpar a tu papá.

Encontré mi voz, pero las palabras temblaron cuando dije —Sólo quería que me fuera bien en la escuela.

—¿Y te ha ido bien?

—¡Sí! —dije rápidamente, sentía que mi corazón poco a poco volvía a su sitio—. Siempre he estado en el cuadro de honor. Y la semana que entra tomaré los exámenes AP. —Levanté la cabeza y me enderecé cuando dije— Mi hermano Santiago acaba de graduarse de la escuela de leyes.

La señora sonrió. —Seguro que tus papás están muy orgullosos.

—Sí, lo están.

—Eso es lo único que tienes que recordar, Ninfa. —Me pagó mientras yo marcaba en la máquina registradora, y antes de irse, me guiñó un ojo—. Yo también trabajé en un lugar como este para pagarme la universidad. ¿Sabes lo que aprendí? Que los clientes groseros actúan así porque sus padres no les enseñaron otra forma de ser. Veo que los tuyos sí hicieron un excelente trabajo.

—Gracias —le respondí. Hasta le sonreí de verdad—. ¡Qué tenga buen día!

Asintió con la cabeza y se fue.

La brisa de la noche me refrescó la espalda mojada de sudor mientras caminaba a la troca donde mi papá esperaba para llevarme a casa.

—¡Hola, Papá! Gracias por recogerme —dije y me subí. Me puse el cinturón de seguridad y salimos del estacionamiento.

—¿Cómo te fue hoy en el trabajo? —me preguntó, su familiar perfil estaba delineado por las manchas de luz que entraban por la ventana de la troca—. ¿Diste lo mejor de ti?

Sonreí. Hasta cuando me sacaba una C en una prueba difícil, mi papá no se enojaba. *¿Diste lo mejor de ti?* Siempre me hacía intentar más, y al mismo tiempo, me daba gusto saber que me quería por sobre todas las cosas.

Le respondí. —Hoy fui cortés cuando un cliente se portó grosero conmigo, y la señora después de él los felicitó a ti y a mamá por criarme tan bien. —Una repentina oleada de lágrimas invadió mis ojos cuando le dije —¡Te quiero, Papá!

Estiró la mano y me acarició el brazo. —Mi'jita, cada día me enorgullece ser tu padre.

Y entendí cada palabra que pronunció en español.

UNA CAJITA ROJA

Inez se paró cerca de la ventana del hospital, sus brazos colgaban sin fuerzas a los lados. Como un diente de león cortado de su tallo. Se sentía desnuda y vacía.

La puerta de la habitación se abrió de repente.

Miró sobre su hombro y le dio la espalda a la ventana completamente. Levantó la mano, como para protegerse los ojos de algo muy brillante. Aparte de su mamá, sólo uniformes blancos entraban y salían de su cuarto. Ahora vio a un gran payaso parado en el umbral de la puerta.

Llevaba tenis verdes que parecían medir dos pies de largo. Unas medias de rayas rosas que terminaban en unos pantalones amarillos que le llegaban a los chamorros. Se detuvo para estudiar el saco rojo decorado con trenzas doradas como el que usa el director de la banda. Finalmente vio la cara blanca, los labios delineados con rojo y mechones de una peluca arco iris debajo de un sombrero negro y gastado.

Dio un paso atrás hacia la ventana. —Creo que está en el cuarto equivocado.

El payaso movió la cabeza y dio pasos de pato hacia adentro. Se detuvo, la cama del hospital estaba entre los dos. Se metió la mano en los pantalones amarillos y brillantes, sacó una cajita roja en forma de corazón. Con las manos envueltas en guantes morados, la puso sobre la cama.

Inez leyó las letras blancas en la caja. La curiosidad la hizo acercarse hasta leer las letras pequeñas: *Para ti*.

Despacito, levantó la vista para ver al payaso a los ojos. En su mirada azul Inez vio una energía cruda. Se preguntó por qué habría ido a su habitación en el hospital.

—¿Qué quiere? —dijo.

Agachando la cabeza, el payaso cerró los ojos. Cuando los abrió, los labios rojos escarlata hicieron una mueca de tristeza. Sacudió la cabeza lentamente. Luego suspiró como si contuviera las lágrimas.

—No necesito un payaso triste —dijo—. ¡Váyase!

La peluca se movió con tres aprobaciones pequeñas. Levantó los dedos hasta tocarse las mejillas. Se las golpeó y empujó hasta que se enderezó la boca. Luego esperó su respuesta.

Inez cruzó los brazos. —Por lo menos no me diste una sonrisa estúpida.

El payaso movió la cabeza.

Inez se sintió impaciente con su silencio. —¿Quién eres? ¿Por qué estás aquí?

Su brazo pasó sobre la cama de hospital. Inez bajó la vista. La caja se quedó donde la dejó; un corazoncito rojo sobre blancas arrugas y gastadas manchas. Las pequeñas palabras escritas: *Para ti*.

Inez sólo atinaba a alejarse del regalo estremecida. —Mi bebé murió. Ya se lo dijeron, ¿qué no? —su mirada incendió la caja hasta deshacerla—. Ayer escuché un latido. Por fin era real. Ahora ya no está. Mi mamá me dijo que era una bendición, *¡una bendición!* ¿Lo puede creer? ¿Sabe cómo me siento ahora?

Vio al payaso asentir con la cabeza.

—Sí, cómo no —dijo—. No lo sabe. Usted es sólo un tonto payaso.

La cara del payaso se ensanchó sorprendida. Por un momento, Inez pensó que la expresión le haría que le saltara el sombrero de la cabeza. De repente, caminó hacia la cama.

Inez caminó de lado contra la pared blanca.

El payaso levantó sus dedos enguantados frente a sí mismo, abrió la mano. Entrelazó los dedos, los mantuvo así como un abanico morado. Se los puso enfrente de la cara, cubriéndose la boca, la nariz. Pero no los ojos; los había abierto como si se hubiera abierto un cerco entre ellos.

Separó una mano de la otra lentamente, escondiendo una detrás de su espalda. Poco a poco empuño la otra mano. Torciéndose, apretando, girando de lado a lado. Un fuerte dolor que Inez conoció íntimamente, porque había estrangulado su propio corazón tanto que era imposible mantenerlo dentro.

—¡Váyase, por favor! —dijo, su voz se quebró en un sollozo. Se puso las manos en la cara, y se volteó hacia la pared. Odiaba la pena. Quería el sol del invierno, un vaso de leche de chocolate, su camiseta grande favorita, sentarse en su sillón, reír con las caricaturas.

Sus lágrimas salieron en gotas torpes. Se las refregó en la cara, pero sólo regresaron, renaciendo en su dolor.

Dedos envueltos en suaves guantes le tocaron la mejilla y ella sintió algo fresco y blanco. Estrujó el pañuelo entre los dedos; después se lo llevó a la nariz, sorbiendo, limpiando, y al final se sonó la nariz.

Suavemente parpadeó a través de la visión borrosa de la cara del payaso hasta poder verla mejor. Unas arrugas grandes se formaron alrededor de sus ojos, unas más pequeñas se hicieron en las comisuras de la boca. Pero ambas estaban cubiertas con pliegues de maquillaje como pequeñas zanjas sobre su cara. Debajo de la peluca, Inez vio algunas canas. Olía a naftalina y menta.

Y a pesar de la sorpresa de su llegada, Inez descubrió que la ternura de su mirada la hacía sentir menos sola. No estaba allí por deber como una enfermera o por obligación como su madre. No venía a juzgarla, sólo traía un regalo de su corazón.

—Gracias —susurró al final, metiéndose el pañuelo en el bolsillo de la bata.

Los labios del payaso formaron una sonrisa, una amistosa expresión que ella podía aceptar ahora. Él se volteó y apuntó a la cama. Inez miró al payaso. —Y ¿ahora qué?

Sin dejar de verla a los ojos, le tomó firmemente la mano. La suave humedad de sus guantes se derritió contra la palma de su mano.

El payaso dio un paso hacia la cama; ella caminó con él. Para Inez, cada paso duraba más que un momento. La anticipación suavemente reemplazó al dolor. Tenía un regalo frente a ella. Un misterio, una sorpresa que aún la esperaba. *Para ti.*

Le soltó la mano al payaso.

Inez estiró la mano, levantó la caja de la cama y la dejó descansar en la palma de su mano. —¿La abro? —Miró al payaso para que le diera una respuesta, pero él simplemente se tocó los labios con dos dedos y se dio la vuelta para salir. Ella lo vio salir del cuarto de hospital, y observó la caja, perpleja.

Y por primera vez en dos días, sintió una esperanza. Y su pequeño titileo cabía perfectamente adentro de su cajita roja.

Freno y cambio

Otra vez no, pensó al escuchar a su mamá en el teléfono.

Joaquín Padilla empujó el plato de cereal aguado y se desplomó en la silla de la cocina. Sabía que su mamá estaba hablando con el tío Víctor otra vez; parecía como si lo llamara tres veces al día para quejarse de Nanita. Probablemente porque todos en casa estaban cansados de escucharla, especialmente Joaquín.

—¿Así es que le quitaste las llaves? ¡Qué bueno! No tiene que andar manejando ya, Víctor. ¿Qué si choca? ¡Nos demandarían a nosotros!

—Drama, drama, drama —musitó Joaquín cuando se levantó de la mesa. Agarró la cachucha del trabajo y le hizo adiós a su mamá cuando pasó cerca de ella. Ella apenas lo miró cuando le dijo al teléfono —Víctor, ayer pasé por la casa de Mamá. ¡Ay, Dios! ¡Traía puesta la misma blusa sucia de hace dos días!

Qué importa, está bien, quería decirle Joaquín por centésima vez. Pero mientras las llaves del auto tintineaban en su mano, notó el llavero plateado con un rayo verde en el centro. Había sido un regalo de cumpleaños de Nanita. Hacía meses que no veía su abuela, pero había estado *ocupado*. Unas llamaditas rápidas, pero casi sólo hablaba él, se quejaba de la escuela, de sus papás o de su terrible trabajo haciendo hamburguesas. Ella lo escuchó, como siempre lo hacía.

Nanita fue la primera a quien le contó cuando no ganó la feria de ciencias o cuando no tenía pareja para su baile de octavo. Ella fue a la única persona que llevó a pasear cuando sacó la licencia de conducir. Después de todo había sido Nanita quien lo había dejado manejar su auto los domingos por la mañana cuando salían a desayunar juntos para que pudiera practicar más.

Esos desayunos del domingo no se habían dado en más de un año. Había pedido los turnos del domingo para no estar casa con sus papás cuando ellos no tenían nada más que hacer que molestarlo. Últimamente Mamá se quejaba mucho de Nanita, y eso enfurecía Joaquín.

—Te digo que está perdiendo la cabeza —Mamá les decía a todos constantemente.

Con frecuencia, Joaquín tenía ganas de decirle —Mamá, es una viejita, déjala en paz. —Pero se quedaba callado porque era más fácil ignorar a Mamá que decirle que estaba equivocada.

Lo bueno era que jamás les contó la vez que Nanita se olvidó del tocino que estaba cocinando en la estufa. El humo había activado la alarma de fuego. Joaquín tuvo que subirse en una silla y sacarle las pilas. Abrió las ventanas, y volvió a poner las pilas después de diez minutos. No fue un problema, pero Mamá ¡le habría quitado el sartén para freír a Nanita!

El turno de Joaquín terminó temprano porque una de las chicas se lo cambió por el del próximo sábado por la noche así es que decidió ir a la casa de Nanita y ver por sí mismo.

Manejó por el barrio conocido, y se dio cuenta de que extrañaba a los divertidos viejitos que había conocido a través de Nanita. Uno por uno, sus amigos habían fallecido a través de los años, y los vecinos nuevos eran reservados. Mientras estacionaba el carro, pensó *Híjole, no le quedan amigos.*

Joaquín echó un vistazo a la casa, y rápidamente la volvió a mirar. La puerta mosquitera de la entrada estaba completamente abierta. Y luego vio que Nanita estaba parada al lado de su carro. Estaba parada en la puerta abierta del lado del conductor. Su pelo canoso estaba despeinado y llevaba una bata gastada que ella habría hecho trapos antes, pensó Joaquín.

¿Qué estará haciendo? ¡Se ve peor que un vagabundo!

Cuando su abuela se subió al carro y cerró la puerta, Joaquín se bajó del suyo.

—Nanita —gritó Joaquín. Corrió, pero se tropezó con la maleza crecida del jardín. *¿Por qué no han venido a cortarle el pasto?*

Su corazón se agitó cuando empezó el motor. En su mente estaba gritando. *¡Pensé que el tío Víctor le había quitado las llaves!*

—Nanita —gritó más fuerte—. ¡Espera, Nanita!

Alcanzó la puerta del pasajero y vio la barra roja y gruesa que atravesaba el volante del carro de Nanita. Jaló la manilla. Golpeó la ventana.

Ella de repente metió el cambio, y el carro saltó hacia atrás. Se deslizó camino abajo. —Nanita, ¡para! —gritó otra vez.

Con la barra de fierro, ella no podía mover el volante. A través del parabrisas vio su cara de niño asustado.

Joaquín agarró el espejo, una tonta idea porque tenía las manos sudadas. El carro cobró velocidad mientras se deslizaba en bajada. —Nanita, ¡pisa el freno!

Sin aliento, corrió al lado del auto gritando —Nanita, ¡pisa el freno!

Nanita gritó —¡Joaquín! Joaquín, suéltalo —como si fuera un niño que se podía hacer daño. Pero era ella quien se podía lastimar —¿qué no veía la barra de seguridad? ¿Qué no se daba cuenta que no podría meter el cambio? ¿Qué no podría manejar? ¿Cómo podría ser tan tonta?

—Joaquín, ¡suéltalo! —gritó otra vez bien fuerte, sus dedos soltaron el espejo y se cayó fuerte sobre sus rodillas. Miró hacia arriba. Nanita se cubría la cara con sus manos mientras el impulso de la bajada empinada aumentó más y más con cada vuelta de la llanta. Joaquín se levantó con un salto y trató de correr hacia el lado del conductor.

Pero el carro ya había salido y se deslizaba por la calle. Joaquín movió la cabeza de lado a lado. ¿Vendría algún carro de la esquina? ¿Qué si alguien salía de la otra dirección y chocaba el auto de Nanita? *¿Qué puedo hacer? ¡Ay, Dios mío, Nanita!*

Sólo un raro golpe de suerte los ayudó a ambos. No pasó ningún carro, y cuando estaba ya al nivel de la calle, el carro empezó a detenerse aún moviéndose hacia atrás.

El carro se detuvo en el jardín del vecino, a unas pulgadas del porche de cemento que rodeaba su casa. Joaquín suspiró de alivio y atravesó la calle.

Nanita abrió la puerta del auto, y bajó a tropezones. Se tapó la boca con los dedos temblorosos, moviendo la cabeza.

—¿Nanita, estás bien?

Tomó una bocanada de aire y se tambaleó. Miró a Joaquín, como si no lo conociera. —¿Qué quieres?

Joaquín caminó despacio hacia al lado del conductor. —Nanita, ¿estás bien? —le preguntó otra vez. Frunció el ceño y se dio cuenta que tampoco llevaba puestos los anteojos—. Nanita . . .

—¿Qué quieres? —Cerró la puerta con una fuerza que él jamás pensó una anciana podría tener—. ¿Quién trabó mi carro? Tengo que ir a la tienda.

—Nanita, yo te puedo llevar a la tienda. —Observó su cara, preguntándose por primera vez si ella sabía quién era—. Nanita, soy Joaquín. ¿Te puedo ayudar? Vamos a casa.

Ella se acercó, empezaba a enrojecerse la cara; lo regañó con el dedo. —Tengo que ir a la tienda. Encuentra las llaves para abrir esa maldita barra. Ahora, ¿me oyes?

—Nanita, yo . . .

—Nadie te dio permiso para sacar mi carro —Nanita movió las manos. Su voz chilló con ira—. Te metiste al jardín de los vecinos. ¿Qué va a pensar la señora De León?

Joaquín dio un paso atrás. La señora De León había fallecido hacia unos años. Y él esperaba que el nuevo vecino no estuviera en casa para ver el carro en su jardín.

¿Lo culparían a él sus papás? ¿Pero que debía hacer? No podía llamar a su mamá, se alarmaría y además, vivía al otro lado de la ciudad.

—Nanita —dijo, despacito—. Nanita, vamos a casa. Llamaré al tío Víctor, ¿de acuerdo?

—¿Dónde están mis llaves? Voy a la tienda, ¿me oyes?

Le asustó su tono de voz, pero trató de mantener la calma. —Yo te puedo dar las llaves. Y yo te llevaré a la tienda, ¿está bien?

Ella caminó hacia la defensa trasera del auto dando tropezones. Cruzó los brazos sobre sus hombros y se meció para adelante y para atrás sobre sus pies descalzos. No veía a Joaquín; sólo observaba el carro y el jardín.

Joaquín suspiró. Sabía que el tío Víctor trabajaba cerca, y decidió llamarlo. Sacó el celular de su bolsillo. —Tío Víctor, soy Joaquín.

—Hola, Joaquín, ¿qué pasó?

Empezó con las buenas noticias. —Bueno, éste . . . Nanita está bien, pero su carro está en el jardín enfrente de su casa.

—¡Qué!

—Cuando llegué, estaba tratando de conducirlo a la tienda. Pero la barra de seguridad en el volante la confundió, así es que sólo se deslizó en bajada hacia la calle. —Respiró antes de darle las malas noticias—. Ah, éste, su carro está al otro lado de la calle ahora.

—Ay, Dios, ¿le pegó a algo? O, ¿a alguien?

—No, tuvo suerte —la mano de Joaquín tembló al sostener el teléfono.

—Qué bueno que me llamaste —el tío Víctor dejó de hablar y dejó escapar un suspiro antes de decir—, Quédate con ella. Voy para allá.

¿Y ahora qué? Él siempre esperaba que su abuela lo sacara de aprietos. Pero no reconocía a esta viejita loca que se mecía sobre los talones y le murmuraba al carro.

Caminó despacio hacia ella. —Nanita, vamos a casa. El tío Víctor ya está en camino.

Ella volteó a verlo. —¿Llamaste a Víctor? ¿Por qué me hiciste eso?

—Nanita, probablemente él tiene la llave para la barra de seguridad. Él moverá el carro a la cochera —respondió Joaquín. Estiró la mano para tomarla del brazo.

Ella le golpeó la mano. —No debiste haberlo llamado, Joaquín. ¡Sólo te va a gritonear! —Sus ojos de repente se llenaron de lágrimas—. ¿Por qué lo llamaste? Después de todo lo que hecho por ti, ¡ahora vas y me acusas!

Nanita levantó las manos, y empezó a cruzar la calle. Siguió caminando por la banqueta. Subió los escalones del porche y se metió por la puerta de enfrente. Y la dejó abierta de par en par.

Joaquín dejó escapar aire por la boca mientras se recargaba en la defensa del frente del carro. De acuerdo, debería llamar a su mamá, pero dejaría que el tío Víctor lo hiciera más tarde. Su mamá no le gritaría al tío Víctor, y si lo hacía, el Tío Víctor la dejaría desahogarse y con tranquilidad le diría lo que se tenía que hacer.

Siempre le había agradado la amabilidad de su tío, tan distinta al voluble estado de ánimo de su mamá. Pero ahora Joaquín tenía que dejar a su mamá en paz. Sus preocupaciones sobre Nanita eran reales. *Demasiado reales.*

Joaquín clavó los ojos en el suelo. *¿Dónde está la Nanita que conozco y quiero?*

Se quedó allí parado, repasando recuerdos felices en la casa de Nanita, cuando el tío Víctor llegó en su van blanca del trabajo y se estacionó detrás del carro de Joaquín.

Bajó la ventana y gritó —¿Aún están las llaves puestas en el carro?

Joaquín miró en el carro y asintió. —Sí.

Mientras su tío se bajaba de la van, Joaquín caminó hacia él. —¡Toma! ¡Atrápalas! —Su tío le lanzó un llavero pequeño—. Ésas son para la barra. Mueve al carro a la cochera, y vuelve a ponerle la barra, ¿de acuerdo?

Asintió, pero entonces el tío Víctor gritó algo más —Y ¡quédate con las llaves! No se las des a Nanita.

Cuando Joaquín se sentó detrás del volante del carro de su abuelita, la tristeza lo invadió por completo. Abrió el cerrojo de la barra de seguridad, echó a andar el carro de Nanita y lo condujo despacio a través de la calle a la cochera de Nanita. Para cuando puso la barra y cerró el carro, vio que el tío Víctor estaba caminando hacia el porche. Cerró la puerta mosquitera con cuidado y encontró a Joaquín en los escalones.

—Aquí están las llaves, Tío Víctor. ¿Está bien Nanita?

Se encogió de hombros. —Supongo que sí. No me quiere hablar por ahora. Está sentada en el cuarto de la televisión viendo un show en la tele.

—No sabía qué hacer. —Aún le temblaban los dedos de la mano—. Por eso te llamé.

—Hiciste lo correcto, Joaquín. Si le hubieras llamado a tu mamá, se habría puesto a llorar, y ay no, no necesitamos a dos mujeres actuando como locas al mismo tiempo —respondió el tío Víctor —. Tu mamá y Nanita todavía me sorprenden con su melodrama.

Joaquín se dio cuenta de que estaba asintiendo con la cabeza, pero la comparación entre su mamá y Nanita lo dejó con una horrible sensación. Le entregó las llaves a su tío.

El tío Víctor suspiró. —Insistió que el carro tenía que estar afuera de la casa. "Para que la gente sepa que estoy en casa" me dijo. Fui muy tonto al no buscar otro par de llaves, y pensar que la barra de seguridad la detendría. Tu abuela es una mujer muy testaruda.

—Me gritó, Tío Víctor —dijo Joaquín—. Jamás la había visto así.

Su tío asintió. —Gritó cuando le quité las llaves. —Por un momento miró a Joaquín con detenimiento, y luego lo sorprendió con una leve sonrisa—. En diez minutos se habrá olvidado de todos estos problemas. Ve a casa, Joaquín. Llámala mañana. Ya lo verás.

Joaquín asintió. —Nos vemos, Tío Víctor. —Se dio vuelta para irse, pero su tío lo tomó del brazo.

—Joaquín, mantengamos esto entre nosotros, ¿de acuerdo? —Calló, miró al otro lado de la calle y luego lo volvió a ver—. No hay que preocupar a tu mamá, ¿verdad?

—No hay problema —dijo Joaquín, y caminó a su carro. Cuando estaba a punto de partir, vio a su tío Víctor parado solo afuera en el porche de la casa de Nanita, mirando fijamente el carro.

Joaquín se alejó despacio, intentaba entender la terrible escena en la casa de su abuela. Cuando dio la vuelta en la esquina, sintió que había abandonado a Nanita cuando ella más lo necesitaba. *¿Qué estoy haciendo? Nanita debería saber que me importa por sobre todas las cosas. Tengo que regresar hoy, no mañana.*

Dio vuelta en la siguiente cuadra y condujo de vuelta a su casa. Ya no estaba la van blanca del tío Víctor. Esta vez, Joaquín decidió estacionarse detrás del carro de su abuela.

En el porche, Joaquín tocó dos veces en el marco de la puerta como siempre lo hacía, y gritó a través de la puerta mosquitera —Oye, Nanita. Me acaban de pagar. Ponte los zapatos. Vamos a comer un helado. Yo invito.

Agapito

A Agapito le gustaban las papitas. Los totopos, las papitas y las tostaditas. Le gustaban crujientes y saladas. Les ponía extra sal encima, y si el primer totopo no crujía lo suficiente, lo tiraba. Su mamá después encontraba bolsas llenas en la basura de la cocina, y después de gritar y regañar a Agapito por desperdiciar comida, escuchaba su excusa de que le gustaban los totopos crujientes y el que había comido de esa bolsa no lo estaba. Ella volvía a gritar porque era Agapito quien escogía los totopos y las papitas en el súper. Así fue que le enseñó a leer las fechas de vencimiento. Y fue que Agapito se percató de que las bolsas más frescas las ponían al fondo de los estantes de la tienda y que los totopos con las fechas más antiguas siempre pasaban al frente. Agapito se metió en problemas con el gerente del súper por sacar todas las bolsas de totopos para encontrar la más fresca. Ahí fue cuando Agapito aprendió que a los totopos no los organizaban los dependientes de la tienda sino los representantes de las fábricas de totopos y papitas. Ahí fue también cuando Agapito decidió que ya tenía una carrera. Agapito trabajaría para una fábrica de totopos y papitas rellenando los estantes del súper. Imagínate todas las muestras que probaría mientras conducía de un súper a otro. Así es que comió sus totopos, sus frescos y crujientes totopos tanto como pudo de todas las compañías que estaban en el estante para saber en cuál fábrica trabajaría. Para los once, Agapito ya era todo un experto en totopos y papitas. Totopos, papitas, tostaditas. Le gustaban crujientes y saladas. A los doce, el doctor le dijo a Agapito y a su mamá sobre la diabetes, y el doctor le entregó a Agapito una dieta en un papel que decía "NO PAPITAS". Ahí fue cuando Agapito aprendió sobre las papitas horneadas, papitas bajas en grasa y papitas procesadas de manera artificial. No tenían sal, ni crujían, no tenían nada de lo que amaba. Así es que ahí fue cuando Agapito decidió que mejor trabajaría para una fábrica embotelladora de agua.

TRAYECTORIA

Miro afuera. Escucho el leve ruido de los que no pueden esperar para que sea la medianoche. Y me digo, *no vayas*. Pero cada Año Nuevo, el ruido de los fuegos artificiales abre de golpe una puerta y regresa el miedo. Recuerdo la noche cuando Sergio y yo caminamos por el barrio donde vivía cuando tenía dieciséis años.

La calle Perez nos era familiar a Pedro y a mí. Esa noche la calle parecía aún más amigable porque nuestros vecinos, sus familiares y varios compadres se habían reunido en los porches, las aceras y las curvas enfrente de sus casas, encendiendo fuegos artificiales, abriendo latas de cerveza y gritando Feliz Año Nuevo como si fuera un viejo amigo.

Sergio y yo estábamos tratando de mostrarnos seguros mientras caminábamos por la calle. Esperábamos que Nikki, le güerita que vivía en la misteriosa casa de la esquina, hubiera invitado a su carismática prima a celebrar el día festivo. El año pasado, Sergio y yo recién éramos estudiantes de primer año. Nos sentíamos incómodos con chicas como Nikki y su prima, Pamela. Este año, ya teníamos licencias de conducir, sabíamos cómo funcionaba la preparatoria y cómo hablarle a las mujeres —bueno, eso pensábamos.

—No la riegues, Rubén —me dijo Sergio cuando salimos de su jardín y cruzamos la calle—. Siempre usas palabras sofisticadas. Nikki dice que la haces sentir tonta.

—No quiero impresionar a Nikki —dije—. Tú te puedes quedar con Nikki. Yo quiero conversar con Pamela.

—¿Conversar? Bueno, ninguna mujer quiere que le hables como un diccionario, Rubén, así es que actúa normal, ¿de acuerdo?

—Soy normal. No soy yo el que les digo a las chicas que sé bailar como Michael Jackson.

—¡Yo sí! —exclamó Sergio y allí en la acera, se detuvo e intentó hacer el paso del *moonwalk* más soso que jamás había visto. Miré hacia arriba con fastidio. Le hice adiós y seguí caminando. Después de dos pasitos de caminata lunar, se rió y corrió a alcanzarme.

Eso fue lo que sucedió esa noche —los dos molestándonos mutuamente, gastándonos bromas como hacen los mejores amigos. Paramos para reírnos de un niñito que intentaba prender su luz de bengala. Cada vez que su papá se acercaba para encender la varilla con el encendedor, la mano del niñito temblaba más. Cuando por fin se encendió y las chispas plateadas bailaron alrededor de sus dedos, el niño tiró la cosa a la calle.

Sergio silbó y la levantó rápidamente. La agitó sobre su cabeza, y luego ayudó al niñito para que tomara la varilla con cuidado. Se rió y giró en sus talones y el niño y yo sonreímos con las boberías de Sergio.

De repente, paquetes enteros de fuegos artificiales explotaron como ametralladoras. Los cohetes botellas chisporrotearon en el cielo lleno de humo. Como flechas, los colores brillaban de cada dirección.

Ruidosas olas de fuegos artificiales subrayaban los gritos —¡Feliz Año Nuevo! *Happy New Year!* ¡Feliz Año Nuevo! —haciendo eco por todo el barrio.

Sergio dijo —¡Ay, no! ¡Nos perdimos la oportunidad de besar a las chicas a la medianoche!!

—¡Todo porque te pusiste a jugar con las bengalas! —le dije, el ruido del barullo de la medianoche a nuestro alrededor era casi ensordecedor. Aun así me uní a la locura —¡Feliz Año Nuevo! ¡Feliz Año Nuevo! —Todavía me digo a mí mismo que escuché un disparo en el silencio durante el desgarro de los fuegos artificiales.

¿Me agarró Sergio o yo a él? Aún no lo sé, pero forcejeamos juntos brazo sobre brazo, su cuerpo era como un peso no esperado contra mi pecho y mis hombros.

Pensé que estaba jugando. Y después su vida se deslizó entre mis dedos con la sangre oscura y tibia. La persona que disparó al aire para celebrar un nuevo año no tenía idea de lo que había hecho.

Todo se empañó en ese momento.

La sirena de la ambulancia llorando por todo el barrio . . .

La mamá de Sergio jalando su cuerpo de mis brazos con gritos que hacían eco de los míos . . .

Después mi hijo de diez años me jala del brazo. —Papá, por favor, ¿por qué no puedo ir a la casa de

Mike esta noche? Su papá le compró fuegos artificiales para tronarlos.

Miro a mi hijo, lo nombré Sergio. Quiero decirle por qué. Quiero explicarle cómo es que las balas caen del cielo la noche del Año Nuevo disfrazadas con el ruido de los fuegos artificiales.

Le digo que no, como lo hago cada noche de Año Nuevo. Desde ese momento me doy cuenta de que mi amigo Sergio estaba muerto en mis brazos, y la trayectoria es un principio aprendido.

Para continuar con la vigilia, encierro a Sergio y a sus hermanas en la casa, donde puedo continuar vigilando, protegiéndolos de cualquier golpe, silbido o bala perdida.

COSTURAS CHUECAS

—¡Malinda! ¡Malinda!

Amanda se dio vuelta del espejo cuando escuchó su sobrenombre. Su abuela no lo había usado en meses.

¿Era posible? ¿Se estaría mejorando Buelita?

La cara de Amanda se alegró. Vio a su abuela parada en la puerta de su recámara. —¿No te parece que es un lindo vestido? —se dio una vuelta en la punta de los pies descalzos como las modelos—. ¿Cómo me veo, Buelita?

Su abuela se puso las manos entrelazadas cerca de su corazón. —Muy linda, muy linda. Luces como una reina.

Amanda intentó fruncir el ceño. Una reina no era la imagen que quería. Quería ser una súper estrellar juvenil, una actriz glamorosa o una modelo de revista. Quería que al entrar a la fiesta de los Loyola el próximo sábado por la noche todos dijeran —¡Híjole! ¡Miren a Miranda Saldaña!

Volvió a verse en el espero grande que estaba recargado sobre la ventana de la recámara entre su cama y la de su hermanita. Amanda lo había comprado con su propio dinero el verano pasado porque las chicas populares de la escuela se vestían para impresionar. Cada mañana se paraba frente al espejo y se aseguraba de que su ropa llamara la atención de alguien.

De repente, todo lo que tenía en su clóset le parecía tan aburrido comparado con ese vestido negro sin mangas y tiras de satín rojo en el forro del escote en V.

Mamá tiene que estar loca como para querer donar este fabuloso vestido al Buen Samaritano, se dijo. *¡Eso sería como tirarlo a la basura! Por suerte, ¡yo me lo encontré!*

Hacía treinta minutos que Amanda había encontrado el vestido tirado encima de una caja designada para la tienda de segunda. Lo metió al fondo de su mochila y después tapó la caja y la llevó al carro. Su madre se fue en el carro con la hermanita de Amanda para hacer algunos mandados y dejó a Amanda y a Buelita en casa. Una vez que abuela estuvo segura en su recámara viendo la telenovela, Amanda se escapó para probarse el tesoro secreto en su mochila.

Ahora mientras Amanda se volvía a ver en el espejo y se volteaba de lado a lado, se tuvo que tomar los hombros antes de que el vestido se le deslizara. También tuvo que darle otras tres vueltas al cinto de brillantes alrededor de su cintura.

¡Si sólo supiera cómo cortarlo para hacerlo de su tamaño!

—Recuerdo cuando hice este vestido —dijo Buelita. Sus zapatos cafés de piel rechinaron suavemente cuando entró a la recámara. Observó a Amanda de arriba a abajo, con una ceja canosa levemente alzada.

Ambas se pararon juntas en el reflejo del espejo. La cabeza de su abuela apenas llegaba a los hombros de Amanda. Su cabello canoso estaba despeinado y tenía pelos parados por todos lados. Su blusa gastada y los pantalones flojos de punto le quedaban mal, como si fueran de alguien más.

Amanda suspiró. ¿Dónde está la bella señora que iba al salón de belleza cada semana? ¿Dónde está mi "divertida Abuela" quien se ponía blusas coloridas y grandes sombreros de paja para las excursiones de la escuela? ¿Por qué Buelita se convirtió en una persona que no podía recordar cosas simples como qué día era hoy o lo que había desayunado?

—Ay, Alicia, le hice este vestido a tu hermana Mónica, no? —los dedos delgados de Buelita aún estaban fuertes cuando pellizcaron la tela sobre las caderas de Amanda—. Es demasiado grande para ti, Alicia.

Amanda contestó con fastidio. —Soy Amanda, Buelita. Alicia es mi mamá, ¿te acuerdas? —Se dejó jalar y empujar mientras su abuela intentaba que la cintura del vestido le quedara mejor—. ¿Ya se te olvidó? Me llamaste *Malinda*.

Esperaba que al pronunciar su apodo una vez más le ayudaría a su abuela recordar. Como primera nieta, todos en la familia decían "Amanda es muy linda, muy linda". Una de las primeras palabras de Amanda había sido "malinda" y se había convertido en su apodo. La mayoría de la familia había dejado de usarlo, excepto Buelita. Había continuado usándolo de cariño, hasta que, como muchos otros nombres, empezó a olvidarlo en los últimos dos años.

—Hay que hacerle unas pinzas en la espalda, cortarle un poco a las caderas, ¿no? —sonrió su abuela—. Mi'jita, no te pongas triste. Yo puedo arreglarte el vestido de tu hermana. —La tomó de los hombros y dobló la tela que sobraba, levantó el vestido e hizo que le quedara mejor, sosteniéndolo con fuerza contra el cuerpo de Amanda.

¡Amanda podía imaginarse el vestido rediseñado para ella! ¡Luciría fantástico!

Su abuela siempre había sido una buena costurera. Había cosido ropa para toda la familia. Hasta había hecho tres vestidos de novia para la madre de Amanda y sus dos hermanas, Tía Mónica y Tía Nance.

—¿Me puedes arreglar este vestido, Buelita? —le sonrió al reflejo de su abuela en el espejo—. Quiero usarlo en la fiesta del sábado.

Su abuela se paró detrás de Amanda, la tela del vestido aún estaba en sus manos. —Necesito unos alfileres. Saca la máquina de coser —dijo—. Bobina-encaje cierra temprano los sábados. Mis tijeras descosedoras dejan hoyitos.

Amanda se estremeció cuando una sensación de frío y malestar le recorrió la espalda. Las palabras de Buelita no tenían sentido. ¿Qué no habían dicho los doctores que la memoria de corto plazo sería las más afectada por la demencia?

Pero Buelita no debería haber olvidado cómo coser porque era algo que había hecho por tantos años. Hasta le había enseñado a Amanda cómo coser bastillas derechitas en la máquina, y cómo usar la aguja para poner botones y terminar las bastillas.

Amanda se soltó cuidadosamente de las manos de su abuela. —Voy a buscar unos alfileres, Buelita. Espérame aquí, ¿sí? —Se dio vuelta. Los pequeños ojos cafés de su abuela la miraron como los de una niña—. No te muevas, Buelita. Ya vengo, ¿está bien? —dio un suspiro cuando el vestido se le cayó. Lo tomó con las dos manos para sostenerlo.

Buelita se rio como una niñita. —No puedes ir a esa fiesta hasta que no te arregle el vestido, Malinda.

Amanda sonrió espontáneamente. —Te quiero, Buelita. Entró a la recámara de su abuela lo mejor que pudo con ese vestidote, pensando *¿qué le diré a Mamá?* Para cuando salió, estaba convencida de que ya pensaría en algo.

—¿Me puedes ajustar el vestido con los alfileres, Buelita? —Amanda orgullosamente puso el cojinete en forma de tomate en las manos de su abuela.

—Voy a hacer que te quede. Veamos.

Amanda estaba de frente al espejo. ¡El vestido negro sería espectacular! ¿Cuándo fue la última vez que había estado tan emocionada? ¡Llevar este vestido para su primera fiesta de octavo año! ¡Ayudar a su abuela a hacer algo que le encantaba! Buelita se sentía fuerte, se estaba mejorando. ¡Había sido lindo escucharla decir "Malinda" hoy!

Pensamientos alegres bailaron en su mente mientras Buelita le ponía más y más alfileres.

Al final, Buelita terminó y dijo —Listo. —Salió de la recámara de Amanda con el cojinete vacío.

Amanda batalló para bajar el zipper del vestido y quitárselo por encima de la cabeza. Se sentía como un cojinete humano para cuando se vistió con la camiseta y los jeans. Levantó el vestido espinoso y fue a la recámara de su abuela.

Buelita estaba sentada en su cómoda silla de rayas frente a la televisión. El cojinete en forma de tomate había sido abandonado encima de la tele.

Amanda se decepcionó al ver que la máquina de coser en la esquina de la recámara todavía estaba cubierta con una sábana blanca. Simplemente le recordaría a Buelita que lo cosiera más tarde. —Aquí está mi vestido, Buelita. Te lo dejaré en la silla de la máquina de coser, ¿está bien? ¿Necesitas algo?

Buelita se inclinó hacia enfrente cuando la cara de un hombre apuesto cubrió la pantalla de la televisión. El hombre dijo —Te adoro, mi amor.

Amanda salió de la recámara de su abuela justo cuando una señora con las pestañas cargadas de rímel le prometía amor eterno.

Más tarde, mientras la familia almorzaba, a Amanda le preocupaba que Buelita dijera algo sobre el vestido. Pero su abuela comió la mitad de su sándwich en silencio y se tomó su café. La hermanita de Amanda les platicó de las bobadas que estaba haciendo con sus amigas de enseguida. Su mamá medio escuchaba mientras comía su almuerzo y abría sobres que habían llegado en el correo.

Justo cuando Amanda terminaba de comer, Lily y Jennifer llamaron. Invitaron a Amanda al centro comercial. Hablaron toda la tarde sobre la fiesta de los Loyola, mientras entraban y salían de las distintas tiendas: de los chicos que estarían allí, quién estaba invitado, quién no; cuáles atuendos se verían bien y cuáles no.

Amanda estuvo a punto de contarle su plan a sus amigas, pero no quería arruinar la sorpresa del vestido. En vez de eso se compró unos aretes largos decorados con tres líneas de piedras rojas colgando de los alambres negros. Con la compra sólo le quedaron dos monedas de veinticinco centavos y tres de cinco en la cartera.

Era casi la hora de la cena cuando Amanda regresó feliz a casa. Cuando entró por la puerta trasera, inmediatamente sintió que *¡pasaba algo terrible!*

No había nada cocinándose en la estufa. Su mamá estaba sentada sola en la sala, el vestido negro estaba encima de la mesa enfrente de ella. Estaba al revés, y varias de las costuras estaban rotas. Su mamá estaba sentada allí, con los hombros caídos, sus dedos acariciando la tela.

Amanda contuvo la respiración. ¿Se metería en problemas por haberse quedado con el vestido? ¿Qué si la castigaban y al final no podía ir a la fiesta?

Su mamá volteó y la vio. —Ay, Amanda, ya llegaste.

Se quedó de pie; las piernas le temblaban mientras esperaba la ira de su madre.

Pero mamá no parecía estar enojada. Sus ojos cafés estaban redondos con una tristeza profunda. Su voz sonaba callada y tranquila. —¿Qué tal estuvo el centro comercial?

—Mamá, ¿están bien? ¿Le pasó algo a Buelita?

Su mamá suspiró. —No, Buelita está bien. Aún está durmiendo. Es que . . . —se detuvo y suspiró otra vez—. Es que la encontré cosiendo esta tarde. Usó un corta costuras en mi viejo vestido. Me dijo que lo estaba haciendo para mí. Que el vestido de Mónica se me vería lindo a mí.

Los dedos se Amanda apretaron con fuerza la agarradera de su bolsa. Se acercó más a la mesa pero no podía hablar. ¿Qué diría?

—¿Por qué habría sacado tu abuela este vestido de la caja de donaciones? ¿Y por qué creería que era el vestido de Mónica? Ella me lo hizo a *mí* hace años para una fiesta de Navidad. —Mamá movió la cabeza—. Creo que está empeorando, Amanda. Se enojó mucho cuando le quité el vestido. —Pasó la mano sobre la tela negra—. Buelita dijo que tenía que terminar el vestido para la fiesta del sábado. No tiene sentido. Buelita está empeorando.

—¡Ay, Mamá! —Amanda se dejó caer en la silla más cercana—. No es culpa de Buelita. Puso su bolsa y la bolsa con las joyas en la mesa—. Fui yo quien sacó el vestido. Buelita me vio probándomelo. Dijo que me lo arreglaría a mi medida.

Tragó saliva y juntó las manos para que no le temblaran. —Lo siento, Mamá, pero si hubieras visto a Buelita esta mañana. Hoy me llamó Malinda. Después me ajustó el vestido con alfileres en la espalda y en los lados como lo hacía antes cuando me medía para los vestidos de la cuaresma. Pensé que, que si hacía algo que solía hacer, como coser, le ayudaría a recordar otras cosas también. Lo siento, Mamá. Por favor, no te enojes con Buelita. —Clavó la mirada en las costuras deshechas del vestido negro. Suspiró, lista para aceptar el castigo de su mamá por haber actuado de manera egoísta—. Fue mi culpa, no la de ella.

La mano fría de Mamá le envolvió la muñeca. La apretó suavemente. —Gracias por decirme la verdad, Malinda. Estaba tan molesta por lo que *dijo* tu abuela que ni siquiera pensé en lo que estaba *haciendo*. Se veía contenta mientras descosía el vestido y hablaba sobre cómo arreglarlo. —Se enderezó en la silla y le dio una mirada seria a Amanda—. Pero falta que hablemos sobre el hecho de que este vestido no es apropiado para una niña de catorce años. ¿En todo caso, adónde pensabas ir con él puesto?

Amanda habló bien bajito. —A la fiesta de los Loyola.

—Ajá, ésa es la fiesta de la que Buelita estaba hablando. Ahora tiene sentido. —Asintió—. Bueno, tengo que empezar a hacer la cena. Lleva este vestido a mi clóset por ahora. Después hablaremos de tu fiesta. —Se levantó y caminó hacia la cocina.

Amanda jaló el vestido por la mesa y lo estrujó como si fueran trapos viejos. Probablemente había perdido toda oportunidad de ir a la fiesta. Agarró su bolsa y los caros aretes que ya no le quedaban a ninguno de los atuendos que tenía en su clóset y subió dando tropezones por las escaleras. Colgó el vestido en una de las esquinas más profundas del clóset. Entró en su recámara. Por suerte su hermanita no estaba allí para estar de entrometida.

Amanda se dejó caer en la cama y miró el techo justo cuando las lágrimas le quemaron los ojos. Se las limpió tan pronto como salieron. ¿Estaba llorando por ella misma o por Buelita? ¡Cuánto deseaba no haber sacado ese estúpido vestido!

A Amanda le tomó unos momentos darse cuenta que su abuela estaba gritando —¡Malinda! Malinda, ven aquí.

Amanda se sentó y se limpió las mejillas. Se bajó de la cama y caminó a la recámara de su abuela. —¿Necesitas algo, Buelita?

Su abuela estaba tratando de levantar la tapadera de un baúl grande de madera cerca de la máquina de coser. —No puedo abrir esto. Ayúdame.

Amanda se arrodilló a su lado. —Tienes que apretar este botón primero, Buelita. —Empujó el candado de metal y luego abrió la tapa—. ¿Ves?

Habían pasado años desde que Amanda había visto el contenido de ese baúl de madera donde su abuela guardaba los sobrantes de tela. Varios colores, patrones y brillantes colores sólidos estaban amontonados adentro—. ¿Qué buscas, Buelita?

—¿Sabes cómo coser? —Buelita se agachó y sacó un pedazo de tela amarilla con flores rosas—. Es lindo, ¿verdad? —Lo agitó enfrente de Amanda. Lo dejó caer y sacó otro retazo de tela rojo brillante con estrellitas.

Los ojos de Amanda se agrandaron. —Yo recuerdo esa tela, Buelita. Me enseñaste a coser una falda con ella. ¿Te acuerdas cuando hice la falda para una obra de teatro en la escuela? —Le sonrió a su abuela—. ¿Te acuerdas?

La anciana miró a Amanda y le regaló una pequeña sonrisa. —Hicimos la falda juntas. Tú hiciste las puntadas chuecas, Malinda. Yo las tuve que arreglar.

Amanda volvió a asomarse en el baúl. Dejó caer la mano entre las telas y disfrutó de la sensación de las distintas texturas en sus dedos. Sintió algo frío y suave, y con cuidado jaló una tela del fondo del montón. Era una tela guinda con pequeños diamantes negros y brillantes. —Buelita, ¿está tela es linda, no? —Y luego pensó, *esto se vería bien suave con mis nuevos aretes.*

Extendió la tela sobre su regazo y miró hacia arriba a su abuela. —Buelita, ¿crees que podamos hacer otra falda juntas?

La anciana miró a Amanda con detenimiento como si tratara de encontrar la respuesta correcta. Por fin dijo —Bobbins and Lace (Bobinas y Encaje) cierra temprano los sábados.

Amanda de pronto recordó y entendió las palabras de su abuela.

Amanda le dijo —La tienda de telas estará abierta mañana domingo, también. ¿Qué tienes que comprar, Buelita?

—Un patrón, hilo nuevo y un zíper. —Su abuela habló como si supiera exactamente lo que quería—. Podemos hacerte una falda para la fiesta.

La feliz voz de Buelita hizo sonreír a Amanda. No importaba si llevaba la falda a la fiesta de los Loyola, o si iba a la fiesta o no. El coser juntas le daría una forma de mantenerse conectada a su querida Buelita aunque desaparecieran otros recuerdos.

Amanda dejó afuera la tela para la falda y alcanzó otro retazo. —Hay tantos cortes de tela aquí, Buelita. ¿Qué podemos hacer con ésta?

TOQUE DE CERA

Bueno, todo empezó porque mis hermanitos querían . . .

¡Oye! No me empujes, Carolina. Tengo que empezar así todas las mañanas, si no no entiende. Y no me digas que soy un estúpido tampoco. Yo soy el que gritó, así es que tengo que explicarlo a mi modo. Y no te desesperes. Puedes suspirar todo lo que quieras si el supervisor no nos deja entrar de nuevo, ¿de acuerdo?

Así es que, señor, tengo que contarle acerca de mis hermanos, ¿de acuerdo? Entonces le podré explicar por qué grité tan fuerte —y ¡oye! Qué si yo hubiera sido una anciana en vez de un joven, y me hubiera dado un ataque al corazón . . .

¡Chitón! Carolina, ya se ve bien enojado. ¡Deja de estar de entrometida!

Sí, señor. Puedo hablar más rápido. Bueno, es que mis hermanitos querían nadar en la alberca del motel hoy, pero yo y Carolina queríamos hacer otra cosa. Así es que Mamá encontró este museo de cera en un mapa del centro, y sólo estaba a tres cuadras del motel. Papá nos encaminó, y dijo que volvería en dos horas.

Así es que pagamos doce dólares cada una —de hecho, señor, eso es muuuucho más de lo que cuesta cualquier otro museo que visitamos durante esta excursión. En todo caso, Carolina y yo entramos y ¡híjole! Vimos un montón de cosas bien suaves. Queríamos saltar los lazos de terciopelo que ustedes tienen puestos por todos lados, pero éramos nosotras, las niñas, y no nuestros tontos hermanitos, así es que estaban de suerte. No saltamos ningún lazo ni nada. No rompimos ninguna de esas reglas.

¡Tiene que admitirlo! Digo, las estatuas de cera parecían ser el *verdadero* Freddy Kruger y el presidente Obama y Selena en su brillante vestido blanco y todo . . .

—¿Cómo los hacen ver tan reales? —Le dije a mi hermana cuando vi a Selena—. Eh, no crees que haya una señora muerta allí adentro, ¿o sí?

Vi *House of Wax*, la primera, ¿sabe? A mi Papá Grande le encanta que veamos películas en blanco y negro. Papá Grande no cree en el cable, pero le encanta enseñarnos videos. Bueno, en la película hay un asesino que esconde los cadáveres debajo de capas de cera y nadie lo sabe. Hay una muchacha que está a punto de que la enceren —y bueno, no es como la cera caliente que te ponen en un lavado de carros— porque puedes ver que está desnuda, y tú esperas a ver si la van a mostrar como lo hacen en los shows del cable . . .

¡Basta, Carolina! Si me vuelves a empujar, voy a . . .

Disculpe, ¿en qué estaba? A sí, sobre la muchacha y la cera. Bueno, justo en el momento cuando se le va a ver algo, el tipo la rescata. Le tira su saco encima del cuerpo justo en el momento en el que la cámara podría haber mostrado su cuerpo desnudo —¿cómo?

También vio la película, ¿verdad?

¿En serio? ¿Venden la película en la tienda de regalitos?

Bueno, pero le voy a decir la verdad. Desde que vi la película he querido ir a un museo de cera. Pero no tenemos algo así en Seguin. Por eso les rogamos a Mamá y Papá que nos dejaran venir.

Sí, señor, soy lo suficientemente grande como para leer los anuncios sobre la tierra y los aceites del cuerpo —y no tocar— sí, leí todo, pero no importa porque todas las estatuas están detrás de los lazos, o encima de los techos, o detrás de cercas de madera. Pero tiene que entendernos —bueno, a mí— estaba pensando en *House of Wax* y estaba viendo todas las estatuas de cera que parecían gente de verdad, y me preguntaba si habría un cadáver adentro . . .

Y no, Carolina, no tienes que decirle al hombre que quiero ser una actriz de cine y que me gusta escribir cuentos en mi diario en vez de hacer matemáticas —porque no tiene que saberlo, ¡es por eso!

Señor, simplemente estoy tratando de explicarle por qué no me pude contener. Vi la estatua de cera que no estaba acordonada o encerrada con cercas. Estaba solita en una esquina, y vestida de zombi. Yo estaba a punto de explotar.

¿Cómo se sentirían esos cadáveres de cera?

Tenía que saberlo.

Así es que cuando vi que el zombi estaba parado contra una pared, ¡sabía que ésa era mi oportunidad!

Me adelanté a mi hermana y estiré un dedo. Luego me detuve. Podía sentir el aliento de mi hermana en mi espalda.

¡Admítelo! ¡Tú también querías tocarlo! ¡Está bien, como quieras!

Está bien, fui sólo yo. Todo fue mi culpa. Y sí, yo soy quien se acercó hasta el rostro de cera. Digo, estaba completamente solo.

Ahí fue cuando contuve la respiración. Lentamente acerqué mi dedo hasta la nariz de cera. Así, ¿ve?

De repente, el tipo dice —¡Buenos días, niñas!

Grité y ¡Carolina también! El zombi empezó a reírse de nosotros. Se estaba riendo de nosotros, *¿verdad, Carolina?*

Entonces llegó *usted*, vestido como el Zorro, pero es el supervisor. Y nos sacó al vestíbulo. Pero no habíamos hecho nada malo, no tenían que corrernos.

Sí, tenías razón, Carolina. No es *justo* que toda la gente que trabaja en este lugar use disfraces.

Señor Zorro, pagamos la entrada, pero no hemos visto la Cámara de Secretos todavía. Es que el zombi nos asustó, por eso gritamos. Hasta el zombi empezó a reírse. No estaba enojado como usted.

Así es que, ¿podríamos entrar otra vez? Espere, ¿qué? ¿Qué fue lo que dijo?

Sí, Carolina, lo escuché. Ningún zombi trabaja en este museo.

La mujer desnuda de la calle Poplar

Ningún miembro del equipo de campo traviesa en Salvador High School le creyó a Camo Salinas que había visto a una mujer semi desnuda en la calle Poplar.

—Estás loco —le dijo Lucas Vera—. Probablemente estabas pensando en una mujer que te hiciera olvidar el cansancio del entrenamiento, y empezaste a imaginarte cosas, amigo.

—Te digo que la vi, tenía una bata puesta, pero sólo le cubría la parte de abajo. Estaba mostrando las sandías, Lucas, unas bien grandotas. —Camo se limpió el sudor de la frente y lo embarró en la camiseta—. Créeme, Joe, hay una mujer desnuda esperándonos en la calle Poplar.

—Está bien, ya. —Joe Morales cerró la puerta de su estante y se volteó—. Cuando nos vistamos iremos en la troca a buscarla.

Los tres se hicieron amigos desde que los sacaron del equipo de fútbol de primerizos el año pasado. El entrenador de atletismo los recibió, pero no tenían idea que todos los corredores también tienen que participar en carreras a campo traviesa en el otoño. Camo, Lucas y Joe era muy malos para las carreras a larga distancia, pero con tan pocos miembros, no sacaban a nadie del equipo. Encontrar a una mujer desnuda en la ruta de entrenamiento les daría a los tres el derecho de presumir y ganarse un poco del respeto de los estudiantes de último año que los habían apodado Los Torpes desde su primer entrenamiento.

Así es que se bañaron y condujeron en la pickup, una Ford 99, de Camo a toda velocidad. Y así empezó la búsqueda.

Camo tuvo que conducir unas cuantas millas antes de llegar a la esquina de las calles Poplar y Evergreen que era parte de su recorrido todas las tardes. Para esta hora, había tráfico porque era la hora pico y cada uno de los jóvenes en la troca que avanzaba despacito por Poplar sintió una pesadez en el estómago. Camo redujo la velocidad para continuar por la calle donde habían corrido hacia unas dos horas, pero el barrio estaba diferente con niños paseando en bicicletas, viejitos regando el pasto y unos cuantos hombres compartiendo cervezas e historias del trabajo con las trocas del trabajo estacionadas en sus cocheras.

—¿Cuál casa era? —preguntó Lucas. Iba en el asiento del pasajero. En cuanto dieron vuelta en la esquina, bajó la ventana, sacó el brazo y observó cada casa con detenimiento—. ¿Te acuerdas?

—No estoy seguro —respondió Camo. Maldijo en voz baja—. De repente reduje la velocidad para estirar el cuello porque tenía un calambre, y pum, allí estaba, detrás de una puerta mosquitera, mostrándome sus cosas.

Joe, quien viajaba entre los dos en la cabina de enfrente, acomodó las rodillas contra el tablero. —¿Y paraste para hablar con ella?

—N'ombre, seguí corriendo, me faltaba una cuadra para alcanzar al resto del equipo, y el Coach ya me había regañado por flojear, así es que salí corriendo rápido.

Los muchachos condujeron por toda la calle Poplar por veinte minutos, pero no vieron a ninguna persona desnuda en ningún lado.

Al siguiente día después de la escuela, los estudiantes de décimo año aceptaron correr en grupo, pero aunque todos estaban atentos, nadie vio a la mujer. Rompieron sus propios patrones cuando corrieron por la acequia de la calle Elm, especialmente cuando empezó a llover, y a nadie le importaba ya nada más que llegar al gimnasio y sacarse la ropa fría. Pero cuando dieron una segunda vuelta por la calle Poplar, Camo se quedó atrás por una dolorosa punzada en las costillas. Trotó en su lugar un momento, mientras se sobaba las costillas. Respiró profundamente para limpiar los pulmones y vio de reojo una casa cercana.

Allí estaba parada, pero esta vez, no llevaba la bata. Podía ver a la mujer desnuda como si estuviera cubierta por una neblina gris, pero en realidad era un mosquitero sucio.

La boca de Camo se abrió con un gritito que por poco lo ahoga. La lluvia le cayó en la lengua, haciéndolo atragantarse con la saliva, el asombro y la sorpresa. Empezó a gritarles a Lucas y a Joe quienes ya habían llegado a la orilla de la cuadra, pero un estruendoso trueno le hizo entender que tenía que quitarse de la calle o un rayo lo freiría como una pierna de pollo.

Para cuando corrió y alcanzó a los demás, todos ya estaban corriendo bajo la pesada y fría lluvia.

Cuando llegó a los vestidores, Camo exclamó —La vi otra vez.

Lucas azotó a Camo con una toalla, —Camo, ¿crees que somos tontos?

Pero Joe le respondió. —¿Viste a la mujer otra vez? ¿Encuerada?

—Sí, esta vez no llevaba la bata puesta. Estaba detrás de una mosquitera sucia. Pude ver que tenía el pelo largo —les dijo Camo.

Lucas frunció el ceño. —Creo que los relámpagos te rompieron el seso.

—¡Lo juro! ¡Lo juro por la cabeza sagrada de mi abuelo muerto! —Los dedos de Camo hicieron una cruz sobre su corazón para darle más drama—. Les estoy diciendo la verdad sobre la mujer desnuda en la calle Poplar.

Una vez más, los muchachos se subieron a la troca de Camo y volvieron a Poplar. Esta vez, Camo prometió que reconocería la casa por la puerta mosquitera. ¿Quién se hubiera imaginado que todas las casas en la calle Poplar tenían puertas mosquiteras sucias?

Al siguiente día cuando empezaba el entrenamiento, los tres amigos prometieron trabajar juntos para encontrar a la mujer. Dejaron que el resto del equipo corriera unas cuadras enfrente de ellos y los tres trotaron despacio, aunque el entrenador los regañó varias veces por sus terribles tiempos.

Cuando llegaron a la calle Poplar, Lucas dijo —Camo, tú ve primero, ya que tú eres quien la ha visto.

Y si no la vez esta vez, ¡a lo mejor se nos hace a uno de nosotros!

Camo corrió solo por la calle Poplar deseando verla. No la vio, así es que trotó en su lugar en la esquina y le hizo señas a Joe para que corriera por la calle.

Cuando Joe lo alcanzó, Camo le preguntó —¿La viste?

—¿No crees que habría parado y le habría preguntado su nombre, idiota? ¿Por qué habría corrido hacia ti cuando me podría haber quedado viéndola? —la ira de Joe no era fácil de ignorar. De los tres, Joe siempre era el más cachondo. Ambos chicos le hicieron una seña a Lucas para que corriera hacia ellos, pero no apareció ninguna mujer. Cada uno se turnó para correr por la calle hasta que tuvieron que correr a la acequia antes de que los demás estudiantes descubrieran que los de décimo nunca corrían todo el camino que el entrenador había designado para el entrenamiento.

Pero el entrenador estaba esperando a Los Torpes afuera del gimnasio. —En los últimos dos días ustedes tres han estado llegando mucho después que el resto. ¿Pasa algo?

Joe musitó algo sobre calambres. Lucas le echó la culpa a su papá por no comprarle zapatos nuevos. Camo se encogió de hombros y se hizo el tonto. El entrenador no se los creyó.

—Corran con el equipo o les daré un buen castigo —les dijo y se fue a las oficinas de los entrenadores comiendo de una bolsita de chicharrones.

Lucas y Joe miraron enojados a Camo. Éste se hizo el tonto un poco más.

No vieron nada en las próximas dos semanas, así es que Camo decidió que tenía que haber sido una ilusión óptica o un sueño por esforzarse en correr más rápido. Los demás eventualmente se olvidaron también. Los tres estudiantes de décimo seguían corriendo al final del grupo cuando corrían la ruta, pero sus tiempos habían mejorado un poco, así es que el entrenador no los volvió a regañar.

Un miércoles, una semana más o menos después de que les entregaron las notas y el equipo perdió a dos de sus mejores corredores por el reglamento de que si no pasas no juegas, Camo corrió enfrente de sus dos amigos por la calle Poplar. Corría a un buen ritmo cuando vio hacia una casa vieja de madera con un burdo porche, y vio a la mujer otra vez.

Por fin había encontrado la casa. Era difícil, pero le quitó los ojos de encima a la mujer por un instante para ver el número sobre la puerta. Leyó los números 7-2-7. Ahora tenía una prueba para los muchachos, y los tres serían la envidia del resto de equipo de atletismo. Los corredores más viejos sentirían mucha envidia.

7-2-7.

7-2-7.

Camo hizo como si nada, y corrió alrededor en un círculo en la banqueta de enfrente, hasta que disminuyó la velocidad y trotó hacia Lucas y Joe quienes venían calle abajo. Apenas les dijo —Allí está —corrió en círculo alrededor de ellos, y dijo— 7-2-7.

Camo pronunció los números una y otra vez hasta que Lucas y Joe empezaron a corearlos con él. Como una jauría de perros en celo corrieron hacia la casa, disminuyendo la velocidad, trotando en su sitio, mirando fijamente a la mujer en el porche.

Vieron los pechos grandes, un torso carnoso y sus piernas desnudas debajo de la tira de la puerta que le cubría sus partes más privadas. El sudor les corría por la espalda, refrescándoles la piel ardiente. Cada uno de los jóvenes miró con pasión los mechones de pelo largo colgando sobre los hombros desnudos. Una cortina de sombras del atardecer le escondía la cara, pero pudieron verle la piel y las curvas oscuras.

Poco a poco salió de detrás de la puerta. Los chicos siguieron trotando en su lugar, las piernas pesadas y punzándoles. ¿Quién hablaría primero?

Luego abrió los brazos cafés hacia los chicos. Un segundo después, cada pensamiento morboso se irrumpió con la triste realidad: ¡la cara de una vieja! ¡El cuerpo de una vieja! Como la abuela de alguien, ¿y quién querría ver a su abuela desnuda?

Los muchachos chocaron unos con otros. Se alejaron corriendo de la casa, corriendo rápido hacia la acequia.

Los tres decidieron no volver a correr por Poplar y tomar otra ruta para regresar a la escuela. Enfrentarían la furia del entrenador como un equipo —probablemente tendrían que correr a las 5 de la mañana por dos semanas además del entrenamiento de la tarde todos los días excepto el domingo. Era un castigo justo después de haber visto a la señora desnuda.

Escogieron el silencio y el castigo —con estoicismo y orgullo— pero no había nada de orgullo en lo que sabían. Y antes de llegar al gimnasio, acordaron que le dirían al entrenador que había demasiados perros sueltos en la calle Poplar, y que debería buscarles otra ruta para el resto de la temporada.

RECONOCIMIENTOS

Crooked Stiches se escribió para *Memory Bridge: Stories about Young Adults Confronting Alzheimer's* (BSI, 2007).

Trajectory se publicó en *Pecan Grove Review XII* (2011).

The Naked Woman on Poplar Street se publicó en *Juventud! Growing Up on the Border: Stories and Poetry* (VAO Publishing, 2013)

SUGERENCIAS PARA CONVERSAR

- Si fueras el mejor amigo de Lucy en el cuento "Hay un nombre para lo que siento" podrías explicarle a la familia de Lucy por qué no puede aceptar la ruptura. ¿Qué consejo le darías a Lucy para superar el rechazo de Rodrigo?
- Tanto "Los fuegos artificiales de Raymond" como "Trayectoria" involucran un incidente con fuegos artificiales la noche de Año Nuevo como el punto central de la trama. ¿Cuál es la atracción de los fuegos artificiales cuando todos saben que éstos no son permitidos adentro de la ciudad? Habla sobre el rol de la amistad en estos cuentos.
- "Trayectoria" y "Una cajita roja" presentan circunstancias trágicas para los dos personajes principales. Analiza cómo cada uno de estos personajes supera los eventos tristes. ¿Cómo te hace sentir la decisión de Rubén hacia sus hijos? ¿Cómo y por qué ayuda la simpatía del payaso (y no la de la mamá) a Inez? ¿Crees que Inez abre la cajita roja? ¿Por qué sí o no?

- "Mi lengua torcida" presenta a una niña que batalla para hablar dos idiomas bien. ¿Alguna vez has sentido que tu lengua se "tuerce" cuando estás hablando en otro idioma? ¿Cuál es el rol que desempeña la escena retrospectiva para entender las decisiones que tomaron los personajes?
- "Agapito" es un cuento breve sobre un niño y su obsesión. ¿Hay algún alimento que te gusta tanto hasta el punto de convertirse en una obsesión? ¿Cómo es que la repetición de palabras y la descripción de simples acciones crean conflicto y revelan al personaje?
- "Un toque de cera" es un monólogo dramático. ¿Conoces este estilo narrativo? ¿Has leído otros cuentos narrados de esta forma? Identifica a los personajes principales y la forma en que cada uno se revela a través del narrador que defiende sus acciones.
- "La mujer desnuda de la calle Poplar" es un cuento de misterio sobre una búsqueda. ¿Qué hace que esta búsqueda sea importante para Camo y sus amigos? ¿Qué peligra? ¿Qué opinas sobre su decisión de mantenerse en silencio después de que todos la ven? ¿Cómo se desarrollan los temas de "trabajo en grupo" en este cuento?

- "Freno y cambio" y "Puntadas chuecas" comparten un tema. Describe las maneras en que Joaquín y Amanda luchan para aceptar los cambios en sus abuelas. ¿Cómo luchan sus familias también? ¿Conoces a alguien en esta situación, o tienes a algún familiar anciano que crea problemas y preocupaciones en tu familia? ¿Qué consejo o ayuda les darías?
- Al final de "Freno y cambio" y "Puntadas chuecas" tanto Amanda como Joaquín descubren algo importante. ¿Puedes predecir qué sucede después en las relaciones con sus abuelas? Aunque parezca simple decir "Harán tiempo para estar con sus abuelas", ¿cuáles realidades en la vida de un adolescente hacen que esta simple solución sea difícil?
- ¿Qué opinas de la vieja en "La mujer desnuda en la calle Poplar"? Si la comparas con los personajes de tercera edad en "Freno y cambio" y "Puntadas chuecas", ¿hace esta comparación alguna diferencia en tu opinión de ella?
- En el primer cuento, Lucy dice "Hay un nombre para esta sensación de cuando suceden dos cosas: una buena y una mala". Identifica en cada cuento algunas de las dos cosas que suceden, buenas y malas a los personajes principales. ¿Podrías "nombrar" los sentimientos de los distintos personajes al descubrir lo bueno y malo en lo que les sucede?

SUGERENCIAS PARA ESCRIBIR

- "Un toque de cera" es un monólogo dramático. El personaje principal defiende sus acciones al narrar su versión de la historia. Haz una lista de situaciones simples en que el protagonista tiene que explicar con cuidado o enfrentar malas consecuencias. Antes de empezar a escribir, **vuelve a leer** el cuento y estudia la forma en que el autor usa los comentarios "invisibles" y las preguntas en este monólogo para mantener la fluidez de la trama. ¿Cómo saben los lectores las preguntas aunque no se hayan dicho? Escoge una situación de tu lista y escribe una historia que incluya respuestas a las preguntas "invisibles" mientras se desarrolla la trama.
- El cuento breve "Agapito" crea a sus personajes y trama a través de la repetición de palabras y frases y de una secuencia lógica de eventos. Vuelve a leer el cuento y estudia su estructura y lenguaje. Fíjate cómo la puntuación como las comas y los puntos ayudan a prevenir la confusión. Haz una lista de todos los personajes posibles y sus obsesiones que pueden crear problemas, y luego escoge la idea más creativa y empieza a escribir. No temas hacer

distintas versiones hasta que encuentres una forma de terminar el cuento.

- "La mujer desnuda de la calle Poplar" es un cuento sobre una búsqueda. La estructura de la trama es muy común en la mitología griega, en los cuentos de Shakespeare, en la literatura como *El rey de los anillos* y en películas como *Raiders of the Lost Ark*. Escribe un cuento donde pongas a tus personajes en una búsqueda de algo que pueda cambiarles la fortuna o mejorar su situación. Es tu decisión como escritor si la búsqueda termina bien o mal. Y no robes la idea que hayas visto o leído en la tele o en un libro. Usa tu imaginación para crear algo nuevo.
- Toma cualquier cuento del libro, y escribe uno nuevo usando la perspectiva de otro personaje. Por ejemplo, ¿qué si Rodrigo cuenta la historia de la llegada inesperada de Lucy a la boda de su hermano? ¿Qué si el tío Tavo cuenta la historia de cómo llegó a comprar la Cucaracha y por qué se la vendió a los niños? ¿Qué si el entrenador cuenta su historia sobre lo que opina de Los Torpes? ¿Qué si el vecino ve el carro de Nanita en el jardín y sale de su casa?
- "Los fuegos artificiales" y "Mi lengua torcida" presenta narradores de primera persona que comparten una experiencia. Cada una es una ficción, pero presentada como si fuera una historia verdadera. Piensa sobre alguna historia que te hayan contado, una historia que no te involucre a ti en absoluto. Por ejemplo, algo que le haya pasado a tu papá o a tu mamá cuando tenían tu edad; una historia que la maestra les contó sobre uno de sus hijos o algo

que viste en el parque que le pasó a otras personas. Ponte en los zapatos de otra persona, usa el pronombre "yo" y comparte la historia.

- Escribe un poema usando el título "Hay un nombre para lo que siento". Puedes escribir un poema narrativo (un poema que cuenta un cuento) o un poema "lista" (una lista de imágenes o detalles descriptivos que compartan el mismo tema o idea). Por ejemplo, ¿puedes describir un momento cuando una lección difícil te enseñó algo importante? ¿O puedes hacer una lista de diez imágenes diferentes que muestren sólo un sentimiento específico?

SOBRE LA AUTORA

Si le pides a Diane Gonzales Bertrand que deje de escribir, es como pedirle que deje de respirar. Dale una foto, un cachivache, un dicho o el título de una canción, y ella empieza a imaginarse una historia, a escribir un poema o a recordar algo para anotar en su cuaderno. La escritura siempre ha sido su compañera desde que aprendió a escribir el alfabeto. Siempre se imaginó compañeros y amigos secretos que la acompañaban en aventuras o viajes que nadie podía ver. Ahora llama a esos amigos secretos "personajes" y disfruta del proceso creativo cuando experimenta con tramas, nuevos escenarios y distintas formas de usar el lenguaje para ayudarles a sus lectores a relacionarse con sus historias.

Bertrand creció en San Antonio, Texas, en el barrio Woodlawn Lake. Asistió a la escuela Little Flower y al Ursuline Academy donde estudió con monjas y maestras que le enseñaron a entender y a apreciar la gramática y literatura inglesa, la historia, las matemáticas y las ciencias naturales. Adquirió confianza en su escritura gracias a sus familiares quienes pacientemente escucharon su poesía y le aplaudieron cuando escribía obras de teatro para que sus primos las actuaran durante las reuniones familiares; de sus amigas Girl Scout y de los líderes exploradores que se rieron de las divertidas comedias que escribía, y de sus estudiantes que apreciaron la forma en que ella incorporó la cultura latina en las lecciones de gramática y Shakespeare. Recibió títulos de inglés de las universidades de Texas en San Antonio y Our Lady of the Lake. Se ha desempeñado como maestra en las escuelas y en los programas de educación en la comunidad desde 1979.

En la actualidad, Bertrand es Escritora-en-residencia para el departamento de English-Communication Arts en St. Mary's University. Enseña composición en inglés y escritura creativa y les enseña a sus estudiantes cómo publicar *The Pecan Grove Review*, la revista literaria de la universidad. La editorial Pecan Grove en St. Mary's recientemente publicó su primera publicación de poesía *Dawn Flower*.

Bertrand ha publicado muchos libros y novelas infantiles y juveniles a través de Piñata Books, un sello de Arte Público Press. Sus libros juveniles más populares incluyen *Trino's Choice, Trino's Time* y *The F Factor*. Una lista completa de sus libros se encuentra en www.artepublicopress.com.

Otros libros de Diane Gonzales Betrand

Alicia's Treasure

Close to the Heart

El dilema de Trino

The Empanadas that Abuela Made /
Las empanadas que hacía la abuela

Family, Familia

The Last Doll / La última muñeca

Lessons of the Game

El momento de Trino

Ricardo's Race / La carrera de Ricardo

The Ruiz Street Kids / Los muchachos de la calle Ruiz

Sip, Slurp, Soup, Soup / Caldo, caldo, caldo

Sweet Fifteen

Trino's Choice

Trino's Time

Uncle Chente's Picnic / El picnic de Tío Chente

Upside Down and Backwards / De cabeza y al revés

We Are Cousins / Somos primos

THERE'S A NAME FOR THIS FEELING

Stories

Diane Gonzales Bertrand

Also by Diane Gonzales Betrand

Alicia's Treasure

Close to the Heart

El dilema de Trino

The Empanadas that Abuela Made /
Las empanadas que hacía la abuela

Family, Familia

The Last Doll / La última muñeca

Lessons of the Game

El momento de Trino

Ricardo's Race / La carrera de Ricardo

The Ruiz Street Kids / Los muchachos de la calle Ruiz

Sip, Slurp, Soup, Soup / Caldo, caldo, caldo

Sweet Fifteen

Trino's Choice

Trino's Time

Uncle Chente's Picnic / El picnic de Tío Chente

Upside Down and Backwards / De cabeza y al revés

We Are Cousins / Somos primos

THERE'S A NAME FOR THIS FEELING

Stories

Diane Gonzales Bertrand

PIÑATA BOOKS

PIÑATA BOOKS
ARTE PÚBLICO PRESS
HOUSTON, TEXAS

There's a Name for this Feeling: Stories / Hay un nombre para lo que siento: Cuentos is made possible through grants from the City of Houston through the Houston Arts Alliance.

Piñata Books are full of surprises!

Piñata Books
An imprint of
Arte Público Press
University of Houston
4902 Gulf Fwy, Bldg. 19, Rm 100
Houston, Texas 77204-2004

Cover design by Giovanni Mora

Bertrand, Diane Gonzales.
There's a name for this feeling: Stories / by Diane Gonzales Bertrand; Spanish translation by Gabriela Baeza Ventura = Hay un nombre para lo que siento: Cuentos / por Diane Gonzales Bertrand; traducción al español de Gabriela Baeza Ventura.
p. cm.
Summary: A bilingual collection of ten contemporary stories of mixed-up emotions, humorous mistakes, misguided actions, and unspeakable sorrows. Includes discussion questions and ideas for writing.
ISBN 978-1-55885-784-1 (alk. paper)
[1. Interpersonal relations—Fiction. 2. Hispanic Americans—Fiction. 3. Short stories. 4. Spanish language materials—Bilingual.] I. Ventura, Gabriela Baeza, translator. II. Title. III. Title: There is a name for this feeling. IV. Title: Hay un nombre para lo que siento.
PZ7.B46357The 2014
[Fic]—dc23

2013038057
CIP

∞ The paper used in this publication meets the requirements of the American National Standard for Information Sciences—Permanence of Paper for Printed Library Materials, ANSI Z39.48-1984.

Printed in the United States of America
April 2014–June 2014
Versa Press, Inc., East Peoria, IL
12 11 10 9 8 7 6 5 4 3 2 1

TABLE OF CONTENTS

There's a Name for This Feeling 1
Raymond's Fireworks 8
My Twisted Tongue 17
A Small Red Box 23
Brake and Shift 27
Agapito 37
Trajectory 39
Crooked Stitches 43
Touch of Wax 53
The Naked Woman on Poplar Street 57
Acknowledgements 64
Ideas for Conversation 65
Ideas for Writing 68
About the Author 71

To my extraordinary friends

Cathy Adams
and
Kathleen Maloney

There's a Name for This Feeling

How could Rodrigo have made such a dumb mistake? Breaking up with me? Seriously? Out of nowhere he said it was time for a change and to have a nice summer. Really? After I had made plans for us to do everything together? I kept quiet and didn't cause any drama, so he'd realize I was the perfect girlfriend and he'd ask me back. He only needed time to remember me: always holding his hand, doing my homework in the bleachers until basketball practice was over, always finding him in the cafeteria so we could sit together, putting notes inside his locker just to tell him *I love you*.

The day after we broke up, I had hatched the perfect plan to change his mind.

Two weddings were happening on the same day. My *prima* Aida had met Tomas in law school and they were getting married two weeks from Saturday. But Rodrigo's big brother Andre was getting married too. If I went to Andre and Veronica's wedding, I'd have the romantic setting I needed to get Rodrigo back as my boyfriend.

The day of the weddings was total chaos in our house. My dad was running late from work and my mom was trying to help everyone get dressed. I chose the middle of the commotion to speak up. It was always easier to get my way with Mom when she was too busy

to think. Her face looked sweaty and tired when I cornered her in the hall to tell her my plans.

"Why do you want to go to *that* wedding, Lucinda?" Mom said. She held my little brothers' white shirts in her hands, each one now cleaned and carefully ironed.

"Mom, I told you they invited me," I said. "I should be there."

Her eyebrows crinkled as she replied, "What about Aida and Tomas? She's your cousin. 'Where's Lucinda?' they'll ask me. What do I tell everyone?"

I sighed. Mom was so predictable. It didn't take much to plan things out if your mom always said what you expect her to. "Mom, really, it's no big deal. With so much *familia* there, no one will miss me!"

She thought of something else. "How will you get there? We're all going to Aida's wedding."

I had an answer ready. "No problem, Mom. Andre and Veronica are getting married at the university. Aida's wedding is at St. Jude's. They're barely two miles from each other. Pedro can take me. He doesn't do anything but study anyway." I had gone over every detail in my mind, even looked at a map. I had all the right answers. Maybe I should be the next one to go to law school.

Mom stared at me with a slight frown. Then she nodded and said, "Go if you want to. I'll tell Pedro to give you a ride." She walked away, calling out to my sister and little brothers to change their clothes for the wedding. It was so great to be part of a big family. Who'd notice if I wasn't around?

I was dressed early for Pedro to drive me to the university for Andre and Veronica's wedding. Ever since my cousin moved in to finish college, he never complained

about driving me anywhere. I liked his quiet ways. Once we were in the car together, he asked me, "Why are you going to another family's wedding, Lucy?"

"Why not? They invited me." *A good answer*, I thought.

He shrugged and then started the car. I felt so proud of myself. Everything was happening exactly as I planned.

"Pick me up about five," I told Pedro before I stepped out of the car in front of the university chapel. I smoothed my blue dress and ran up the steps.

I walked inside the chapel. The wedding ceremony had begun. I quietly found a spot on the groom's side of the church. Right away, I looked for Rodrigo. In the front bench I saw his parents, then his older sister and her husband with their little daughter Sally. She was smiling up at Rodrigo, who wore a black tuxedo.

He looked just as handsome when he was my escort at my *quinceañera.* I remembered he gave me three pink roses. So romantic. Later, when we danced I told Rodrigo, "We're only fifteen, but I already know it'll be you and me together always."

That night he kept kissing me and agreed with anything I said.

That's why I had done the right thing by coming to this wedding. And when Rodrigo saw me today, he'd agree with me again.

I waited until the ceremony was over and watched the bridal party take a dozen pictures near the altar. Then I walked up the side aisle. The first people I greeted were Andre and Veronica. They were hugging everybody, and Veronica even told me, "I'm so glad you came."

I turned to Rodrigo's parents next. Mr. and Mrs. Almaraz didn't hug me, and both looked confused when they saw me. I started to say "Congratulations," but two other ladies got their attention first. I didn't care. Anyway it would be better to speak to them with Rodrigo beside me. I shook hands with Rodrigo's older sister and her husband. I waved at Sally who smiled at me.

A million butterflies fluttered in my stomach when Rodrigo and I finally made eye contact. He ran his fingers through his dark hair and shook his head. In an instant he turned and walked out a side door. What was going on? Then I knew!

He'd always been shy with strangers, and this wedding was full of them. No problem. I'd find a way to get us alone. Everybody walked across the yard to a white building decorated for the wedding reception, and I followed them. Inside I found the ladies room to check myself out. I had worn Rodrigo's favorite dress, a blue one with silver trim. My long hair was curled and shiny. I looked *good.* When I came out looking for him, I was ready to say, "Everyone makes mistakes. I love you. Let's get back together."

He sat alone near the windows overlooking the balcony. Did he choose the most romantic spot in the room just for us? I gave him a winner's smile, a smile I knew would end with the best kiss of our lives.

He looked up when I appeared, but he didn't stand. He shook his head before he said, "What are you doing here, Lucy?"

I had gone over this conversation a hundred times in my head. I was so ready for this moment. "I was invit-

ed, Rodrigo. We planned to come to the wedding together, remember?"

"That was before we broke up." He raised one eyebrow as he said, "What if I had brought another girl?"

I laughed like he said the silliest thing in the world. "But you didn't. And I'm here. Aren't you glad I came?"

"No, I'm not glad." Rodrigo's dark eyes narrowed. "I broke up with you. Don't you get it?" He sat stiff in a chair, his lips barely moving as he said, "I don't want you here, Lucy. You need to go. You're pathetic."

I couldn't breathe. All my plans, my perfect answers, suffocated in shock and sadness. I stepped back and felt my knees wobble. I looked around to see a room filled with people, yet I never felt so lonely in my life.

Rodrigo stood up and walked closer to Andre and Veronica. They stood in a receiving line and talked to their guests like any happy couple would.

I barely smiled at them. And I hoped anyone who saw me stumble near the door wasn't thinking *what's she doing here?*

I sat alone on the cement steps outside the chapel. Rodrigo had called me pathetic. How could he say that? I wanted to cry, but then I'd ruin my makeup and actually *look* pathetic. I made myself think about summer. Things I could do with my other friends, things I could do with my family. At least I'd have three months before I saw Rodrigo at school.

I glanced at my watch only once before Pedro showed up in his car. How could that be? I was too embarrassed to call him for a ride. I figured I was stuck here for another hour.

I got into the front seat with him and said, "You're early."

"Your mother said you might be finished sooner than you thought."

I stared out the car window, feeling sad and stupid. At Aida's wedding, Mom would have a big *I told you so* waiting for me.

When Pedro and I walked into the other wedding reception, I suddenly felt happy to see people I knew. Pedro got pulled aside by our cousins from Guadalajara. I stood there for a second before Dad walked by and said, "So glad you made it back, *Mi'jita*. When the band plays a *polquita*, we'll dance, okay?" He was carrying two plastic cups of beer across the room.

My grandparents waved at me where they sat with my little brothers. Then Aida walked toward me. In her beaded white gown and flowing veil, she looked amazing. She gave me a tight hug before she said, "*Ay*, where did my new husband go? Have you seen him, *prima*?"

When I reached our family's table, my little brothers looked happy to tell me I hadn't missed the best part, the wedding cake.

Finally I saw Mom. She carried a plate with brisket, rice, beans, and pickles to the table. She put the plate down and turned to face me. Wearing make-up and with her hair styled, she looked very pretty. But if I told her now, she'd think I was trying to get away with something. I held my breath, hoping her *I told you so* would be quick.

Her head tilted slightly as she said, "How did it go with Rodrigo?"

My eyes opened wide. Here I was thinking Mom was so predictable, when it was me, making a mistake other girls do. It had been over two weeks ago, and I didn't want to face the truth. You can't force a guy to love you.

A bitter taste swirled in my mouth before I said, "It was a total disaster, Mom. Rodrigo didn't want me at the wedding. And I didn't belong there."

Mom put her arm around my shoulder and squeezed me close. "This is where you belong, Lucinda. I'm glad you're here now. Your tía Lupe asked me to serve the cake in twenty minutes. You'll help me, right?"

I nodded, and suddenly hugged Mom tighter. There's a name for this feeling of two things happening, good and bad, but I'll remember it later.

Right now I'll enjoy this wedding party and eat cake with my family.

RAYMOND'S FIREWORKS

I knew if I spent New Year's Eve with Lorenzo and *toda la familia* Mesa it would be way better than the boring holidays at my house. My mom and dad fall asleep by 10:30 and my sisters hog the TV to watch reruns of *Sally Salinas Superstar.*

"I don't know, Raymond," my dad had said at first. "The Mesas live near the shoe factory, right? I hear illegal fireworks get crazy in that part of town."

I wanted to say, *how would you know? You fall asleep every New Year's Eve by 10:30!* But I knew the backtalk would give him a quick reason to say no. So I said, "Lorenzo's family keeps the party inside the house. It's just his family. If I'm there, he's got somebody to talk to. Nothing bad'll happen. You already met his mom and his Uncle Tavo, remember?"

At the Christmas concert Dad had met Lorenzo's uncle, Gustavo Mesa, and found out both of them won two hundred dollars in a Super Bowl pot—same game, different pot. Later he told me Lorenzo and his family seemed nice. And I reminded Dad again having friends in the neighborhood didn't happen if you went to a charter school that took students from all over the city.

What I had forgotten about until I walked through the door of Lorenzo Mesa's house was every *tía, prima* and Mamá in the house were all too happy to kiss me. It happened last time I came over like I was the *mi'jo* who had just come back from the army or something. And since Lorenzo never bothered to introduce me, everybody guessed I was related too. That's what happens in a big family when everyone parties for no other reason than someone brought the beer and a brisket's cooking in the pit. What's one more guy to feed? Or kiss?

At the Mesa's New Year's party, there was enough food to feed a starving country. There were also more family than chairs, way too many babies, and some skinny guy showed up with two mean Chihuahuas. Lorenzo started teasing them with a *tamal* shuck. As soon as one of the dogs gripped it in its pointy teeth, Lorenzo jerked it away. One time, the little white dog held on tighter and Lorenzo lifted up the shuck with the dog like he had caught a fish on a hook. Man, it was funny.

Then Skinny Guy yelled at Lorenzo, "Leave the dog alone!" and he let it drop. That runt ran off with the shuck still in its mouth. It hid under a chair by the front door and kept chewing on it.

"Hope it gives him diarrhea," Lorenzo said. Then he told me, "Usually René and his *primos* fire off some awesome firecrackers they buy in Mexico. Let's see what they got this year."

"Sure, I'm up for that." I didn't know who René was, but I knew it was almost midnight and I didn't want to get trapped in a house with way too many kissing Mesas and a mean little black dog that bit my ankle when I stopped by the door to put on my jacket.

It was cold like a freezer when we stepped out on the porch. A slap of cold wind made me wish for a ski mask only two guys walking down the street in ski masks looked bad. I was buttoning up my jacket when Lorenzo said "What's up" to the three men on the porch huddled together and smoking cigarettes because Mrs. Mesa didn't allow it inside.

"Where you going?" one of the men said. He wore a black hoodie pulled up over his head. It took me a second to realize it was Uncle Tavo.

"We're heading to René's to check out his firework stash from Mexico," Lorenzo answered. "Laters!"

"Wait up!" Uncle Tavo grabbed both of us by one arm. "You don't need to go down the street to find good fireworks, Renzo, I got some great fireworks right here."

"You got nothing, Uncle Tavo," Lorenzo said. "Probably some wet firecrackers."

"Naw, I bought good ones! They're in my car. Come on!" And since he had hold of both of us, we stumbled down the steps beside him. Once we were on the sidewalk, I jerked my arm out of his grip and so did Lorenzo.

I started pounding my hands together to keep warm as we followed Uncle Tavo to this nice-looking Chevy. Even though a porch light and some street lights were the only way to see outside, I could tell it was a new car and he kept it really clean. So when he opened the trunk, I was surprised to see how junky it looked: empty soda cans, a few plastic bags from the grocery store and a rusty-looking tool chest. He reached behind the bags and pulled out a torn brown paper bag with paper tubes sticking out of it.

"What you need for midnight? I got it all." Uncle Tavo said.

Lorenzo reached for the bag. "Thanks, Uncle Tavo—"

His uncle suddenly pulled the bag up to his chest. "Wait a second! You think I'm giving up the fun for nothing? Twenty bucks!"

"If you spot me ten, it's a deal," Lorenzo said, cool as a *paleta.*

"For ten bucks, I might as well shoot them off myself, *cabrón.*"

"Come on, Raymond, let's go," Lorenzo said to me, and turned away from the car.

"Wait! I got something else. Something you won't see down the street," Uncle Tavo said. He pushed the brown bag into my hands, and started shoving boxes out of the way.

I looked at Lorenzo and he gave me a wicked grin. He also nodded like he'd be interested.

Uncle Tavo pulled out a thick black tube wrapped in cellophane. He walked us around the trunk, closer to the porch light. I read the words *La Cucaracha* in bright orange letters. I saw an orange fuse coiled like a spring and small orange strings hanging off the tube like centipede legs. I'd never seen any firework like it, but then I came from a family who went to Sea World to watch fireworks. What was it like to actually be the guy who lit the fuse?

As if Uncle Tavo knew he had a rookie pyromaniac standing beside him, he turned to me and said, "Light this sucker up, and you'll see something way better than what they shoot at Disneyland! Forget Mexico! This one came all the way from China!"

I looked into the brown bag I was holding and saw a handful of skinny tubes. I just bet firing them all together wouldn't have the power and colors of the thick black tube Uncle Tavo held in his rough hands. Before I knew it, the words popped out of my mouth. "How much?"

"Forty bucks!" he said.

"We'll give you ten," Lorenzo said like a pop.

"Twenty-five," Uncle Tavo replied just as fast.

"Fifteen!" I spoke up without even knowing if I had any money with me.

"Twenty-two."

Lorenzo said, "Eighteen."

"Sold!" And when Uncle Tavo said that, I felt like I just found ten dollars in the street.

That was a temporary high since I needed to find some money fast to get my hands on La Cucaracha. I found three bills in my wallet. Lorenzo had pulled a few dollars out of his coat pocket.

"How much you got?" he asked me.

If it wasn't for Christmas money from my tía Licha I'd be broke. "Twelve dollars."

"Cool! I got the other six!" Lorenzo said. "You can light it since you put in the most money."

"You bet I will," I told him and thought, *thank you, Tía Licha!*

And just as we were paying off Uncle Tavo, the night erupted into a smoky, noisy mess. Two boys in thick coats ran past us with sparklers. Crackles of bottle rockets flew over the houses around us. A string of firecrackers went off in the next yard and a crowd of little girls started screaming. Ladies and little kids walked out of Lorenzo's house hollering from the porch.

"Happy New Year! Feliz Año Nuevo!" Voices screaming and the noise of pops, bangs and whistles surrounded us. We heard a loud whoosh before a cascade of blues, greens and red streaks whistled over a house top across the street. It was like nothing I'd ever seen where I live.

"Come on!" Lorenzo pulled my jacket. "Let's get this party started!"

I clutched the *cucaracha* in my hands and followed him to the street. I couldn't remember when I felt so excited. Maybe standing in line for a monster roller coaster or that time I saw one of the Spurs. But I think this moment was bigger and better.

We walked to the curb and suddenly Lorenzo stopped. "We need matches or a lighter."

"You go find some. I'll unwrap this bad bug," I answered, not ready to let go of it. As Lorenzo ran off, I carefully unpeeled the cellophane wrapper and shoved it in my coat pocket.

As I ran my fingers up and down the orange letters, the little string legs on the tube tickled my hand. Then I slipped one finger through the coiled fuse. I imagined the bang it would make before it broke into glorious colors above the houses on Lorenzo's street. It would be fireworks that everyone would be talking about for days.

"Borrowed Uncle Tavo's lighter. It'll be quicker than matches." Lorenzo was out of breath as he joined me on the curb. "Word got around about the *cucaracha*. Everyone's coming out to watch!"

That's when I saw Uncle Tavo and the two other men standing together by his car. A group of little kids near the front steps were getting held back by ladies with

firm hands on their shoulders. I realized *toda la familia* Mesa was standing on the porch, on the steps and by the fence line to watch us light the *cucaracha.* Even Skinny Guy was there, holding both mean little Chihuahuas in his arms. How did everyone come outside so quickly?

Lorenzo was still *paleta*-cool as he took his time and looked down both sides of the street. Was he looking for a good spot or a police car?

It suddenly hit me that I was clueless about the next part, but I tried to play it cool and just said, "Do we need anything else?"

His hand flipped a cigarette lighter in my direction. "Put it down and light it up, Raymond! Let's see this bad bug fly." And he must have had Uncle Tavo's radar for rookies because he said, "Set it by the curb, Raymond. Right there." And he pointed at some broken asphalt with a bowl-sized hole.

I pressed the base of La Cucaracha into the ground and stepped back. For some reason, I wasn't as excited as before, but I knew once I lit the fuse, and stood with my best friend watching an amazing firework, I'd be laughing at myself.

Lucky for me, Lorenzo got a flame on his first try of the lighter. He started laughing as he handed it to me to do the deed. His laugh made me laugh, which helped me ignore the fear rattling in my gut.

The flame on the lighter waved in the cold night, but it seemed to be hungry once it touched the fuse. It fizzled white like a sparkler and burned fast down the coil.

"Run!" Lorenzo yelled. He pulled me away from the curb so quick, the flame burned my fingers and I dropped the lighter in the dirt. But I didn't stop running

until we stood near Uncle Tavo and the others in the driveway. I looked up at all the fireworks in the cold black sky and got back the excitement, waiting for our *cucaracha* to stand out like a gold nugget in a box of charcoal.

KABAM-BAM-BAM set off car alarms up and down the block. We saw the *cucaracha* black tube jump two feet before it landed on its side, pouring orange, yellow and purple sparks down its path. The thing whipped down the sidewalk, spitting flares and making popping noises like a wad of firecrackers. It smelled like burning rotten eggs.

And the ladies started screaming, "*Ay Dios mío*" and the kids were dragged up the steps. The people on the porch started moving back inside the house. Uncle Tavo pushed the hood off his head and muttered Spanish cuss words as this fiery roach from hell crawled up the sidewalk.

"Do something, Raymond!" Lorenzo yelled, shaking my arm like crazy. "What if it explodes on my house?"

So I did something that was brave and stupid at the same time. I ran to the spitting tube and kicked it in the other direction. And as it spun around, it was like someone turned off the switch. The thing went dead, dark and unmoving.

"That's it?" said the skinny man to the others near the fence. He put down both his dogs and they ran toward the black tube barking and growling.

I didn't want them to destroy it, so I picked up my dead *cucaracha* and suddenly howled. It still burned hot and so did my fingers! Ouch! I dropped it fast! If the stupid dogs wanted to chew on a hot bug, let them. It

wasn't like I could take it home for a souvenir. Worse, I was going home without my twelve bucks from tía Licha.

I blew on my burned fingers as I walked back to Lorenzo. He was telling Uncle Tavo, "Worst firework ever! It did nothing but made noise and crawled up the sidewalk."

His uncle laughed and said, "What did you expect? It was called *la cucaracha*, not *la roqueta*."

I might have laughed too, except my hand hurt. And when I saw my dad and he asked about illegal fireworks, I'd have to play it dumb. Dumb as a guy who buys a Chinese firecracker painted with Spanish words.

MY TWISTED TONGUE

"*¿Por qué no hablas español?*"

The man wore a loose *guayabera* shirt, and a beige pair of slacks, and he stood before my cash register. He spoke Spanish when he first came up to the counter. I knew what he said, but I had answered in English. His brown face puckered up into a frown. "Don't you speak Spanish?"

I answered politely as I had been trained to do. "No, sir."

"I see your name tag. Ninfa García, why don't you speak Spanish?" His belligerent tone took me by surprise.

I stammered. "I-I didn't really ever l-learn it."

"And your parents? Do they speak Spanish?"

"Yes, uh, sir, umm . . . they do."

"So why didn't they teach you?"

"They didn't want us to have trouble in school," I replied. How many times had I heard my parents say the same words to relatives over the years?

"Shame on your parents!" he declared, and started clicking his tongue with disapproval.

Tears burned in the back of my eyes. I was sixteen, this was my first job and now a customer had insulted

my family. I glanced around, looking for my manager, someone, anyone to take over and wait on this ugly man so I didn't have to . . . but no one was around to help me.

"Your father should have done his job better." The man in the guayabera tossed his money on the counter and walked away.

My legs trembled under me, like a small earthquake shook the floor.

I had just started middle school and was taking my first Spanish class. On this hot August night, we had finished supper and I was complaining about taking the class, telling everybody it was too hard to remember the tenses of Spanish verbs.

"At least you hear Spanish all the time," my sister, Adela, had said. "Try learning Latin like Santiago and I did in high school."

"It's a dead language that helped us score better on the SATs." My big brother laughed. "There aren't even dirty words in Latin. No jokes, either."

Then my dad repeated one of my favorite stories about his time in the army. The Mexican soldiers in his company often told jokes to each other. He said if there were any white or black soldiers also listening, they all had great fun in getting to the "really good part." But when it was time for the punch line, the Mexicans would start speaking Spanish. He always laughed as he mimicked the others yelling, "Hey, tell it in English!"

This story always made me laugh too.

Later I sat at the kitchen table with my mom, sweating over homework. Even though I aced parts of speech

tests in English class, I wanted help with Spanish verbs. I knew nouns in Spanish like *manzana, libro, gato, perro,* but even easy verbs like *hablar* and *trabajar* twisted my tongue in knots.

My dad had come into the kitchen to get a beer—a *cerveza*—from the refrigerator. He overheard me say, "Mom, why didn't you just teach us Spanish like Elena's parents did? If we spoke Spanish all the time, I'd get As in Spanish like Elena will."

Mom tapped the textbook. "Stop complaining, mi'jita, and finish your homework."

"But you and Dad speak Spanish so well. Why didn't you teach us?" I asked, wondering why I never had asked her this question before.

Mom gave me a half-smile, as she leaned her cheek upon her hand. "But we did teach you. Up until the age of four, you spoke nothing but Spanish."

"I did?" I couldn't imagine myself speaking *only* Spanish. All my memories were in English. Even my imaginary playmates always spoke English, no matter if I imagined them from Mexico, France or Japan. "I don't remember that at all. Gee, Mom, why'd you and Dad make my life so *hard*?"

Rather than grab a beer and go back to the den, my dad came to sit at the head of the table. I looked at him curiously, and hoped for another funny story about Mexicans telling jokes. I wanted a distraction because my Spanish homework was no fun.

My father rolled the cold can between his palms for a long moment, staring down at the kitchen table top. Then he looked up and said, "You were very little when your brother Santiago started school. None of you knew

much English because all your cousins spoke Spanish and you played with them. The kids in the neighborhood spoke Spanish too. All our friends told us that kids pick up English quickly once they're in school, so we didn't worry too much about it."

He took a moment to wet his lips with his tongue, and then spoke with a tone I had never heard before. "Most of the teachers at that school spoke Spanish, but Santiago got a new teacher, a *gringa*. She had long blonde hair, remember, Mama?" He glanced at my mom.

I noticed her lips pressed tightly together as she nodded at him.

I stared back at my father. His tone grew round and low with each word he spoke. "Your brother only knew Spanish, and just a few words in English: apple, book, cat, dog—simple words. He didn't know how to ask the teacher for anything, especially how to ask to use the bathroom . . . " his voice caught in his throat, and suddenly tears filled up his brown eyes. "Santiago crapped in his pants, right there at his little school desk."

Tears trickled down his cheeks, soaking into his black moustache. I felt an ache in my heart to see my father crying. My own eyes filled with hot, shameful tears as I listened to him say, "They called us from the school to pick him up. We cleaned him up, and I sat right here in this chair later that night and told your mother, *No more Spanish. My children will learn English from now on. We will speak to them only in English. I want them to do good in school.*"

A customer cleared her throat, and I shook my ponytail over my shoulder as if to toss away that painful memory. I gave her a phony smile, and blinked my eyes rapidly to clear out the tears I didn't want her to see.

She wore a Mexican tent dress with embroidered flowers, a style left to tourists visiting the Valley or older moms with no figures left. Only this young woman had colorful earrings and a red necklace with chunky beads that actually made the dress funky and fun. "You know, that last customer had a good point," she said to me.

I felt my stomach tumbling down. *Oh, no, not another one! What is this? National Pick on Ninfa Day?*

She glanced at my name tag. "Ninfa, you live in a bilingual town close to the border. So speaking Spanish is a good skill to have. But the man was wrong to make you feel ashamed of your parents and put the blame on your father."

I found my voice, but my words trembled as I said, "They only wanted me to do well in school."

"And have you?"

"Yes!" I said quickly, feeling my stomach easing itself back into place. "I've always been on Honor Roll. And I take my AP tests next week." I raised my chin, and my back straightened as I said, "My brother Santiago just finished law school."

The lady smiled. "I bet your parents are very proud."

"Yes, they are."

"That's all you need to remember, Ninfa." She paid me the money as I rang up the cash register, and before she left, gave me a wink. "I worked a job like this to help me pay for college. Know what I learned? Rude customers act that way because their parents didn't

teach them better. I can tell that yours did a great job with you."

"Thank you," I told her. I even smiled (and meant it) when I said, "Have a great day!"

She nodded at me and walked away.

The night breeze cooled my sweaty back as I walked to the truck where my father waited to take me home.

"Hi, Dad! Thanks for picking me up," I said and stepped into the cab of the pick-up. I put on my seat belt, and he drove out of the parking lot.

"How was work today?" he asked me, his familiar profile outlined by the spots of light coming through the windows of the truck. "Did you do your best?"

I smiled. Even when I got a C on a hard test, my dad never got mad. Instead he'd always ask me "Did you do your best?" He always made me want to try harder and at the same time, I felt glad to know he loved me no matter what.

I told him, "Today I was polite even when the customer was rude, and the lady after him complimented you and mom for raising me so well." A surprising sting of tears filled my eyes as I told him. "*Te quiero*, Dad."

He reached over and patted my arm. "*Mi'jita, cada día me enorgullece ser tu padre.*"

And I understood every word he said.

A SMALL RED BOX

Inez stood by the hospital window, her arms hanging limply at her side. Like a dandelion shaken loose from its stem she felt bare and empty.

The door to her room abruptly swung open.

She glanced over her shoulder and then turned from the window completely. She raised her hand, as if to shield her eyes from something too bright to see. Besides her mom, only white uniforms had come and gone from her room. Now she saw a large clown standing in the doorway.

He wore green tennis shoes that looked two feet long. Striped pink socks led the way to calf-length yellow pants. She paused to study the red coat decorated in gold braids like a drum major wore. Finally she saw the white face, outlined red lips and tufts of rainbow wig under a faded black derby.

She stepped back against the window. "I think you're in the wrong room."

The clown shook his head and waddled further inside. He stopped, the hospital bed between them. Reaching into the pocket of his bright yellow pants, he withdrew a small red box, shaped like a heart. With purple gloved hands, he laid it on the bed.

Inez saw white letters on the box. Curiosity made her step closer until she could read the tiny words: *For You.*

Slowly, she looked up to meet the clown's stare. Within his blue gaze Inez saw a raw energy. She wondered why he had come into her hospital room.

"What do you want?" she said.

Bowing his head, the clown's eyes closed. As he opened them, his wide scarlet lips slanted downwards. He shook his head slowly. Then he sniffed a wispy breath as if drawing back tears.

"I don't need a sad clown," she said. "Go away!"

The wig bobbed with his three short nods. He raised his fingers to his cheeks. He thumped and poked upon them until his mouth straightened. Then he waited for her response.

Inez crossed her arms. "At least you didn't give me a stupid smile."

The clown shook his head.

Inez felt impatient with his silence. "Who are you? Why are you here?"

His arm swept over the hospital bed. Inez looked down. The box remained where he had left it; a small red heart against white wrinkles and faded stains. Tiny printed words: *For You.*

Inez could do nothing but shiver away from his gift. "My baby died. They told you, didn't they?" Her stare burned the box into a haze. "I heard a heartbeat yesterday. It was finally real. Now it's gone. My mom told me it's a blessing, a *blessing*! Can you believe that? Do you know how I feel right now?"

She looked up to see the clown nodding.

"Yeah, right," she said. "You don't know. You're only a dumb clown."

The clown's face widened in surprise. For a moment, Inez thought the expression would pop his hat off. Suddenly, he walked toward the bed.

Inez stepped sideways against the white wall.

The clown raised his gloved fingers in front of him, spreading them open. Interlocking his fingers, he held them together like a purple fan. He lifted them in front of his face, shielding his mouth, his nose. But not his eyes; they had widened as if a gate opened between them.

Slowly he pulled one hand from the other, hiding one behind his back. The remaining hand slowly closed into a clenched fist. Twisting, squeezing, wrenching from side to side. A painful ache which Inez knew intimately, for it had strangled her own heart into something too tight to hold inside.

"Please go away," she said, her voice cracking with a sob. She put her hands to her face, turning herself against the wall. She hated the misery. She wanted winter sunshine, a glass of chocolate milk, her favorite baggy T-shirt; snuggling in the chair, laughing at cartoons.

Her tears spilled in clumsy drops. She ground them into her face, but they only returned, reborn in her pain.

Soft, gloved fingers pressed something cool and white against her cheek. She crumpled the handkerchief between her fingers; then pulled it to her nose, sniffling, wiping and finally blowing.

Ever so slightly, she blinked through the blurry vision of the clown's face until she could see him better.

Deep lines crinkled around his eyes; smaller ones lined the corners of his mouth. Both were topped with creases of make-up like tiny gullies over his face. Under the wig, Inez saw slips of gray hair. He smelled of moth balls and peppermint.

And despite the surprise of his arrival, Inez discovered the tenderness in his eyes made her feel less lonely. He wasn't there out of duty like a nurse or out of obligation like her mother. He didn't carry any judgment, only a gift from the heart.

"Thank you," she finally murmured, sliding the handkerchief into her robe pocket.

His lips lifted into a smile, a friendly expression she could accept from him now. He turned then, and pointed to the bed. Inez looked at the clown. "Now what?"

Never dropping his gaze from hers, he took her hand into a firm clasp of his fingers. The soft moisture in his gloves melted against the palm of her hand.

The clown took a step toward the bed; she walked with him. For Inez, each step lasted longer than the moment. Anticipation gently replaced the aching. She had a gift before her. A mystery, a surprise still waited. *For You.*

She let go of the clown's hand.

Inez reached out, lifted the box off the bed and let it rest in the palm of her hand. "Do I open it?" She looked at the clown for an answer, but he just touched his lips with two fingers and turned to go. She watched him walk out of the hospital room, and then she stared down at the box, wondering.

And for the first time in two days, she felt hope. And its tiny flicker fit perfectly inside her small red box.

BRAKE AND SHIFT

Not again, he thought, listening to his mom on the phone.

Joaquín Padilla pushed away his soggy cereal and slouched into the back of the kitchen chair. He knew his mom was talking to Uncle Víctor; seemed like she called him three times a day to complain about Nanita. Probably because everyone here was so tired of listening to her, especially Joaquín.

"So you took away her keys? Good! She has no business driving anymore, Víctor. What if she had a wreck? We'd be the ones who'd get sued!"

"Drama, drama, drama," Joaquín muttered as he stood up from the table. He grabbed his work cap and waved it at his mom when he passed her. She barely looked at him as she said into the phone, "Víctor, I stopped at Mom's house yesterday. Oh my god! She wore the same stained blouse she had on two days ago!"

Big deal, she's fine, Joaquín wanted to say for the hundredth time. But as his car keys jingled in his hand, he noticed the silver key ring with a green lightning bolt in its center. It had been a birthday gift from Nanita. Okay, so he hadn't seen his grandmother in a couple of months, but he'd been *busy.* A few quick calls, but most-

ly he talked, complaining about school, his parents or his lousy job flipping burgers. She listened—like she had done all his life.

Nanita was the first one he told when he didn't win science fair or couldn't find a date for the eighth grade dance. She was the only person he took for a ride when he earned his permanent driver's license. After all it was Nanita who always let Joaquín drive her car for extra practice on Sunday mornings when they'd go out to breakfast together.

Those Sunday breakfasts hadn't happened for a year. He asked for Sunday shifts so he didn't have to be home when his parents had nothing better to do than pick on him. Lately Mom complained a lot about Nanita, and it made Joaquín mad.

"I tell you, she's losing her mind," Mom constantly said to all of them.

Joaquín often wanted to say, "She's just an old lady, leave her alone." But he kept silent because it was easier to ignore Mom than tell her she was wrong.

Good thing he never mentioned the day Nanita forgot the bacon cooking on the stove. The smoke set off the fire alarm. Joaquín had to climb on a chair and take out the batteries. He had opened the windows, and put the batteries back ten minutes later. It was no big deal, but Mom would have probably taken away Nanita's frying pan!

Joaquín's shift ended early since one of the girls wanted to trade off for next Saturday night, so he decid-

ed to drive to Nanita's house and check things out for himself.

He drove the familiar neighborhood, and found himself missing the funny old neighbors he had met through Nanita. One by one her friends had died through the years, and new neighbors kept to themselves. As he parked his car he thought, *Man, she has no friends left.*

Joaquín glanced at the house, and quickly took a second look. The front screen door was open wide. And then he saw Nanita standing beside her car. She stood by the open driver's door. Her gray hair was wildly uncombed, and she wore a faded robe he thought she'd used for rags years ago.

What's she doing? She looks worse than a bag lady!

As his grandmother got into her car and pulled the door closed, Joaquín jumped out of his car.

"Nanita," Joaquín yelled out. He ran, but tripped in the overgrown weeds in her yard. *Why hasn't someone cut the grass?*

His heart revved up as the engine started. Inside his head a voice screamed, *I thought Uncle Víctor took away her keys!*

"Nanita," he yelled louder. "Nanita, wait!"

He reached the passenger door and saw the thick red bar locked across the steering wheel of Nanita's car. He pulled on the door handle. He slapped at the window.

She suddenly shifted the gear, and car jerked backwards. It slid down the incline of the driveway. "Nanita, stop!" he yelled again.

With the iron bar on the wheel, she couldn't steer it. Through the windshield, he saw the look of a scared child.

Joaquín grabbed the car mirror, a stupid idea with sweaty hands. The car gained speed as it rolled down the driveway incline. "Nanita, step on the brakes!"

Gasping for breath, he jogged beside the car yelling. "Nanita, step on the brakes!"

Nanita screamed, "Joaquín! Joaquín, let go," like he was a little kid who might get hurt. But she was the one who'd get hurt—didn't she see the safety bar? Didn't she realize she wouldn't be able to shift? That she couldn't steer? How could Nanita be so stupid?

"Joaquín, let go!" She screamed again so loudly, his fingers slipped off the mirror and he fell hard on his knees. He looked up. Nanita's hands covered her face as the momentum down the steep driveway grew faster with each roll of the tire. Joaquín jumped up and tried to run around to the driver's side.

But the car was already out of the driveway and rolling across the street. Joaquín jerked his head from side to side. Were any cars coming around the corner? What if somebody came from the other direction to crash into Nanita's car? *What do I do? Oh my god, Nanita!*

Only a weird turn of luck helped them both. No cars passed through, and once the car was level in the street, it started slowing down even as it kept moving backwards.

The car rolled to a stop in the neighbor's front yard, just inches away from the cement porch surrounding the house. Joaquín sighed and ran across the street.

Nanita opened the car door, and stumbled out. She covered her mouth with her trembling fingers, shaking her head.

"Nanita, are you okay?"

She gasped, stumbling back. She glared at Joaquín like she didn't know him. "What do you want?"

Joaquín slowed up as he walked to the driver's side of the car. "Nanita, are you okay?" he asked again. Her eyes narrowed, and he realized she wasn't wearing her glasses either. "Nanita—"

"What do you want?" She slammed the car door shut with more force than he thought a little old lady would have. "Who locked up my car? I need to go to the store."

"Nanita, I can take you to the store." He watched her face, wondering for the first time if she knew who he was. "Nanita, it's Joaquín. Can I help you? Let's go home."

She stepped closer, her face starting to redden; she shook her finger at him. "I need to go to the store. Find the keys to unlock that damn bar. Right now, hear me?"

"Nanita, I—"

"Nobody said you could take my car without asking." Nanita waved her hands. Her voice screeched with anger. "Now you got it in the neighbor's yard. What's Mrs. De León going to think?"

Joaquín took a step back. Mrs. De León had died years ago. And he really hoped the new guy wasn't home to see the car in his front yard.

Would his parents blame him? But what was he supposed to do? He couldn't call his mom, she'd just freak out and besides, she lived across town.

"Nanita," he said, slowly. "Nanita, let's go home. I'll call Uncle Víctor, okay?"

"Where are my keys? I'm going to the store, hear me?"

Her tone scared him, but he tried to keep calm. "I can get your keys. And I'll take you to the store, okay?"

She stomped around to the rear fender of the car. She crossed her arms across her shoulders, and just rocked back and forth on her bare feet. She didn't look at Joaquín; she just stared at the car and the porch.

Joaquín sighed. He knew Uncle Víctor worked close by, and calling him now made sense. He pulled out his cell phone. "Uncle Víctor, it's Joaquín."

"Hey, Joaquín, what's up?"

He'd start with good news. "Well, umm—Nanita is safe, but her car is in the yard across the street."

"What!"

"When I got here, she was trying to drive it to the store. But the bar on the steering wheel confused her, so it just rolled down the driveway." He took a breath before he delivered the bad news. "Umm—well—her car's across the street now."

"Oh God, did she hit anything? Or anyone?"

"No, she was real lucky." Joaquín's hand trembled as he clutched his phone.

"I'm glad you called me." Uncle Víctor paused and let loose a deep breath before he said, "Stay with her. I'm on my way."

What now? He always expected his grandmother to help him out of trouble. But he didn't recognize this crazy-looking old lady rocking on her heels and mum-

bling at her car. He walked slowly to her. “Nanita, let’s go home. Uncle Víctor’s on his way.”

She turned her face to see him. “You called Víctor? How could you do that to me?”

“Nanita, he probably has the keys to the security bar. He’ll get the car back into the driveway,” Joaquín answered. He reached out to take her arm.

She slapped his hand away. “You shouldn’t have called him, Joaquín. He’ll just yell at you!” Suddenly tears pooled in her eyes. “How could you call him? After all I’ve done for you, now you’re going to tell on me!”

Nanita tossed her hands into the air, and started to march back across the street. She kept moving up the sidewalk. She climbed up the porch steps and straight through the front door. And she left it wide open behind her.

Joaquín blew air out his mouth, leaning against the front fender. Okay, he should call his mom, but he’d let Uncle Víctor do it later. His mom didn’t yell at Uncle Víctor, or if she did, Uncle Víctor let her vent then he calmly said what decision he had made.

He always liked his uncle’s kindness, so different from his mom’s crazy moods. But now Joaquín had to give his mom a break. Her worries about Nanita were real. *Too real.*

Joaquín stared at the ground. *Where is the Nanita I know and love?*

He stood there, shuffling through happier memories at Nanita’s house, when Uncle Víctor pulled up in his white work van and parked behind Joaquín’s car.

He rolled down the window and called out, "Are the keys still in the ignition?"

Joaquín looked at the driving column and then nodded. "Yeah."

As his uncle got out of the van, Joaquín walked toward him. "Here! Catch!" His uncle tossed a small key chain. "They unlock the bar. Bring her car back into the driveway, then lock it all back up, okay?"

He nodded, but then Uncle Víctor yelled something else, "And keep all the keys! Don't give them back to Nanita."

When Joaquín sat behind the steering wheel of his grandmother's car, sadness filled him in waves. He unlocked the safety bar, started Nanita's car and slowly drove it back across the street and into Nanita's driveway. By the time he secured the bar, and had locked up the car, he saw Uncle Víctor walking back onto the porch. He slowly closed the screen door and met up with Joaquín on the porch steps.

"Here are all the keys, Uncle Víctor. Is Nanita okay?"

He shrugged. "She's fine, I guess. She won't talk to me right now. She's sitting in the den staring at a TV show."

"I didn't know what to do." His fingers still trembled. "That's why I called you."

"You did the right thing, Joaquín. If you had called your mom, she would have started crying, and man, you don't need two women going crazy at the same time," Uncle Víctor replied. "Your mom and Nanita still surprise me with their dramatics."

Joaquín found himself nodding, but the comparison between his mom and Nanita left him feeling miserable. He handed the keys to his uncle.

Uncle Víctor sighed. "She insisted the car had to stay in the driveway. So 'people will know I'm home' she told me. Dumb me for not looking for another set of keys, and thinking the iron bar would stop her. Your grandmother is still a strong-willed lady."

"She screamed at me, Uncle Víctor," Joaquín said. "I've never seen her like that."

His uncle nodded. "She screamed when I took her keys away." For a moment he stared at Joaquín, and then surprised him with a slight smile. "In ten minutes she'll have forgotten all about this trouble. Just go on home, Joaquín. Call her tomorrow. You'll see."

Joaquín nodded. "Later, Uncle Víctor." He turned to leave, but his uncle grabbed his arm.

"Joaquín, we'll just keep what happened between us, okay?" He paused, glanced across the street, and then looked back at him. "No use upsetting your mom, right?"

"No problem," Joaquín said, and walked back to his car. As he got ready to drive away, he saw Uncle Víctor standing alone on Nanita's front porch, staring at her car.

Joaquín drove off slowly, trying to make sense of the awful scene at his grandmother's. As he turned the corner, he felt like he had walked out on Nanita when she needed him most. *What am I doing? Nanita should know I care about her no matter what. I've got to go back today, not tomorrow.*

He circled the next block and drove back to her house. Uncle Víctor's white van was gone. This time Joaquín decided to park in the driveway behind his grandmother's car.

Standing on the front porch, Joaquín knocked twice on the door frame like he usually did, and yelled through the screen door, "Hey, Nanita. I just got paid today. Put on your shoes. Let's go get an ice cream cone. It's my treat."

Agapito

Agapito liked chips. Corn chips, potato chips, tortilla chips. He liked them crunchy and salty. He would put extra salt on them, and if the first chip didn't crunch well, he'd toss it out. After his mom found full bags in the trash can in the kitchen, and after she yelled long and hard at Agapito for wasting food, she listened to his excuse that he liked his chips crunchy and the chip he ate out of the bag was not. She yelled again because Agapito was the one who picked out chips when they went to the grocery store. That's when she taught him to read expiration dates. That's when Agapito figured out the fresher bags were placed at the back of the store shelves and the chips with earlier dates were always pushed to the front. Agapito got into trouble with the grocery manager for pulling all the chips bags off the shelf so he could find the freshest bag of chips. That's when Agapito learned that chips weren't shelved by the store workers but by the food reps from chip companies. That's when Agapito decided he had a career he could plan for. Agapito would work for a chip company stocking grocery shelves. Imagine all the free samples he could snack on as he drove from store to store. So he ate his chips, his fresh, crunchy chips as much as he

could from every company on the shelf so he would know which outfit he should work for. By age eleven, Agapito was an expert on chips. Corn chips, potato chips, tortilla chips. He liked them crunchy and salty. At age twelve, the doctor told Agapito and his mom about diabetes, and the doctor handed Agapito a paper diet that said, "NO CHIPS." That's when Agapito learned about baked chips, low-fat chips, and artificially processed chips. No salt, no crunch, nothing like he loved. That's when Agapito decided the chip job wasn't so great after all. That's when Agapito decided to work for a water bottle company instead.

TRAJECTORY

I look outside. I can hear the faint noise of those who can't wait until midnight. And I tell myself, *don't go there.* But every New Year's Eve, the fireworks' noise throws open a door and the fear returns. I remember that one night when Sergio and I walked through the neighborhood where I lived when I was sixteen.

Perez Street was a familiar area to both Sergio and me. That late night the street seemed even friendlier because our neighbors, their extended families and various *compadres* had gathered on front porches, sidewalks and along the curbs in front of houses, lighting fireworks, cracking open beers and yelling out to the New Year like it was a long lost friend.

Sergio and I were trying to project confidence as we walked down the street. We had hoped that Nikki, the blondie who lived in the mysterious house on the corner, had invited her charismatic cousin over for the holiday. Last year Sergio and I had been just freshmen. We felt inadequate around girls like Nikki and her cousin, Pamela. This year we had driver's licenses, we were guys

who knew the way high school worked, knew how to speak to women—well, we thought so anyway.

"Don't blow it, Rubén," Sergio told me as we left his yard and walked the sidewalk. "You always use big words. Nikki says you make her feel stupid."

"It's not Nikki I want to impress," I said. "You can have Nikki. I want to have a conversation with Pamela."

"Conversation? Well no woman wants you talking like a dictionary, Rubén, so keep it real, okay?"

"I'm real. I don't tell girls I like that I have the dance moves of Michael Jackson."

"I do!" Sergio exclaimed and right there on the sidewalk, he stopped and tried to shuffle back on his feet in the lamest moonwalk I ever saw. I rolled my eyes. I just waved him off and kept walking. After another two moon steps, he laughed and gave it up for a quick jog to catch up with me.

That's the way it was that night—the two of us teasing each other, joking around like best friends do. We stopped to make fun of a little boy trying to get his sparklers to light. Every time his dad took a step closer to ignite the rod with his cigarette lighter, the little boy's hand shook harder. When the sparkler finally lit up and silver sparks danced around his fingers, the boy dropped the thing on the street.

Sergio whistled and quickly picked it up. He waved it over his head, and then he helped the little boy take hold of the stem safely. He laughed and spun on the balls of his feet and both the boy and I smiled at Sergio's silliness.

Suddenly whole packages of firecrackers exploded like machine guns. Bottle rockets fizzled into the smoky

skies. From every direction sparkled colors appeared like arrows.

Noisy waves of fireworks underlined the yelling, “Happy New Year! *Feliz Año Nuevo!* Happy New Year!” that echoed up and down the neighborhood.

Sergio said, “Aw man! We missed the chance to kiss the girls at midnight!”

“That’s because you stopped to play with sparklers!” I told him, the noise of the midnight racket around us almost deafening. Still I crowed into the craziness, “Happy New Year! Happy New Year!”

I still tell myself that I actually heard a shot of silence within the rip of fireworks.

Did Sergio grab me or did I grab him? Still I don’t know, but we grappled together arm over arm, his body an uninvited weight against my chest and shoulders.

I thought he was kidding around. Then his life seeped across my hands in dark, warm blood. Whoever shot guns into the air to celebrate a new year had no idea of what they had done.

Everything blurs at that point.

The ambulance wailing into the neighborhood . . .

Sergio’s mom pulling his body from my arms with screams that echo my own . . .

Then my ten-year-old tugs on my arm. “Please, Dad, why can’t I go over to Mike’s house tonight? His dad bought firecrackers to pop.”

I look down and see my son, the boy I named Sergio. I want to tell him why. I want to explain how bullets fall

from the sky on New Year's Eve disguised within a firecracker's noise.

I shake my head at my son, as I do every New Year's night. Since that moment I realized my friend Sergio was dead in my arms, and that trajectory is a learned principle.

Continuing to keep the vigil, I lock Sergio and his sisters indoors, where I can remain watchful, protecting them from any misguided crack, whistle or shot.

Crooked Stitches

"Malinda! Malinda!"

Amanda turned from the mirror when she heard her nickname. She hadn't heard her grandmother use it in months.

Could it be? Was Buelita getting better?

Amanda's face brightened. She saw her grandmother standing in the open doorway of the bedroom. "Isn't this a great dress?" She did a fashion model's spin on the balls of her bare feet. "How do I look, Buelita?"

Her grandmother clasped her wrinkled hands near her heart. "*Muy linda*, *muy linda*. So pretty, so pretty. You look like a queen—*una reina.*"

Amanda tried not to frown. A queen wasn't the image she wanted. She wanted to look like a teen superstar, a glamorous actress or a magazine model. She wanted to walk into Loyola's party next Saturday night and hear everyone say, "Wow! Look at Amanda Saldaña!"

She turned back to the long mirror propped against the bedroom window between her bed and her little sister's. Amanda had bought it with her own money last summer because the popular girls at school dressed to impress. Every morning she stood at the mirror and made sure her clothes got someone's attention.

Suddenly everything in her closet looked so boring compared to this black sleeveless dress with strips of red satin lining the V neckline.

Mom's got to be crazy to donate this fabulous dress to Good Shepherd, she told herself. *That's just like tossing it in the trash! Lucky me, I got to the dress first!*

Just thirty minutes ago Amanda had found the dress thrown inside a box marked for the thrift store. She stashed it inside her backpack then she folded up the box and carried it to the car. Her mother drove off with Amanda's little sister to run errands, leaving Amanda and Buelita at home. Once her grandmother was safe in her bedroom watching a *telenovela*, Amanda slipped away to try on the secret treasure in her backpack.

Now as Amanda looked again in the mirror and turned from side to side, she grabbed at the shoulders before the black dress slipped off her. She also had to wrap the rhinestone belt three extra times around her waist.

If only she knew how to cut it down to her own size!

"I remember sewing this dress," Buelita said. Her brown leather shoes squished softly as she walked into the room. She stared up and down at Amanda, with one gray eyebrow slightly raised.

They stood together in the mirror's reflection. Her grandmother's head barely reached Amanda's shoulders. Her gray hair looked wiry and stuck out in every direction. Her faded blouse and loose knit pants hung badly, like they should be worn by someone else.

Amanda sighed. Where's that pretty lady who went to a beauty shop every week? Where's my "fun Grandma" who wore colorful blouses and wide straw hats on school field trips? Why did Buelita turn into a person

who couldn't remember simple things like what day it was or if she had eaten breakfast?

"*Ay*, Alicia, I made this dress to fit Mónica, *tu hermana, no*?" Buelita's thin fingers were still strong as they pinched the fabric over Amanda's hips. "*Muy grande*—too big for you, Alicia."

Amanda rolled her eyes. "I'm Amanda, Buelita. Alicia is my mom, remember?" She let herself be tugged and pulled as her grandmother attempted to get a better fit on the dress at the waistline. "Did you already forget? You called me *Malinda*."

She hoped saying the nickname again would help her grandmother remember. As the first granddaughter, everyone in the family would declare, "*Amanda es muy linda, muy linda*." One of Amanda's first words had been "*malinda*" and it became a family nickname. Most of the family had dropped it except for Buelita. She had continued to use it affectionately, until like many names in the past two years, Buelita barely remembered it.

"Darts in the back, cut some from the hips, no?" Her grandmother smiled. "*Mi'jita,* don't feel sad. I can fix up your sister's dress." She grabbed at the shoulders and folded all the extra fabric into itself, lifting the dress into a more fitted cut, pressing it tighter against Amanda's body.

Amanda could imagine the dress redone just for her. It would look awesome!

Her grandmother had always been a good seamstress. She had sewn clothes for all the family. She had even made three wedding gowns for Amanda's mother and her two sisters, Tía Mónica and Tía Nance.

"Could you fix this dress for me, Buelita?" She smiled at her grandmother's reflection in the mirror. "I want to wear it to a party on Saturday."

Her grandmother stepped behind Amanda, the dress fabric still tight in her hands. "I need some pins. Bring out the sewing machine," she said. "Bobbin-lace closes early on Saturday. My thin ripper, scissors leave holes."

Amanda shivered as a cold, sick feeling slid down her back. Buelita's words didn't make sense. Hadn't the doctors told Mom that short term memory was affected most by dementia?

But Buelita shouldn't forget how to sew since it was something she had done for so many years. She had even taught Amanda how to sew straight seams on the machine, and how to use a hand needle to sew on buttons and finish hems.

Amanda gently pulled herself free from her grandmother's hands. "I'll find some pins, Buelita. You wait here, okay?" She turned around. Her grandmother's small brown eyes stared up at Amanda like a child's. "Now don't move, Buelita. I'll be right back, okay?" She gasped as the dress slid down. She grabbed with both hands to hold it up.

Buelita laughed with a little girl's giggle. "You can't go to the dance unless I fix the dress, Malinda."

Amanda smiled easily. "I love you, Buelita." She walked into her grandmother's bedroom as best she could with that big dress, wondering, *what'll I tell Mom*? By the time she walked out, she believed, *I'll think of something*!

"Will you pin the dress and fit it for me, Buelita?" Amanda proudly placed the cloth tomato pin cushion into her grandmother's hands.

"I can make it fit you. Let's see."

Amanda faced the mirror. The black dress would be spectacular! When was the last time she felt so excited? Wearing this great dress to her first eighth grade party! Helping her grandmother do something she loved! Buelita was feeling strong, she was getting healthy. How great it was to hear "Malinda" today!

Happy thoughts danced in her head as Buelita pinned and pinned and pinned.

Finally Buelita finished and said, "Done." She walked out of Amanda's bedroom, holding an empty pin cushion.

Amanda struggled to unzip the dress and pulled it over her head. She felt like a human pin cushion by the time she put on her T-shirt and jeans. She picked up the prickly dress and headed for her grandmother's bedroom.

Buelita sat in her comfortable striped chair in front of the television. The tomato pin cushion had been abandoned on top of it.

Amanda felt disappointed that the sewing machine in the corner of the room was still covered by a white sheet. She'd just remind Buelita to sew it later. "Here's my dress, Buelita. I'll leave it on the chair at the sewing machine, okay? Do you need anything?"

Buelita leaned forward as a handsome man's face filled the television screen. He spoke, "*Te adoro mi amor.*"

Amanda left her grandmother's bedroom just as a mascara-heavy lady promised her undying love.

Later as the family ate lunch together Amanda worried that Buelita might say something about the dress.

But her grandmother quietly ate her half sandwich and drank her coffee. Amanda's little sister talked about silly stuff she was doing with her friends next door. Her mother was half-listening as she ate lunch and opened the envelopes that had come in the day's mail.

Just as Amanda finished eating Lily and Jennifer called. They invited Amanda to the mall. As the girls walked in and out of different stores they talked about Loyola's party all afternoon: what boys would be there, who got invited, who didn't; what outfits would look great or terrible.

Amanda almost told her friends about her plans, but she didn't want to spoil the surprise of the dress. Instead she bought long earrings decorated with three rows of red stones dangling from the black wires. The purchase left only two quarters and three nickels in her wallet.

It was almost dinner time when Amanda happily returned to the house. As she walked in the back door, immediately she felt *something's wrong!*

Nothing cooked on the stove. Her mother sat alone in the dining room, the black dress tossed on the table in front of her. It was turned inside out, and various seams had been ripped apart. Her mother sat there, her shoulders drooping, her fingers stroking the fabric.

Amanda held her breath. Would she get into big trouble for taking the dress? What if she got grounded and couldn't go to the party at all?

Her mother turned and stared at her. "Oh, Amanda, you're home."

She stood on shaking legs, waiting for her mother's anger.

Only Mom didn't look mad. Her brown eyes were round with deep sadness. Her voice was very quiet and calm. "How was the mall?"

"Mom, is everything okay? Did something happen to Buelita?"

Her mother sighed. "No, Buelita is fine. She's still napping. It's just . . . " She paused and sighed again. "It's just that I found her sewing this afternoon. She had used the seam ripper on my old dress. She said she was making it for me. That Mónica's dress would look pretty on me."

Amanda's fingers tightened on the handle of her purse. She stepped closer to the table but couldn't speak. What could she say?

"Why would your grandmother take this dress out of the donation box? And why would she think that it was Mónica's dress? She made it for *me* years ago for a Christmas party." Her mother shook her head. "I think she's getting worse, Amanda. She got very upset when I took the dress away from her." She spread her hand across the black fabric. "Buelita said she needed to finish the dress by Saturday for the party. None of this makes any sense. Buelita is getting sicker."

"Oh, Mom!" Amanda sank into the nearest chair. "It isn't Buelita's fault." She placed her purse and her jewelry bag on the table. "I'm the one who took the dress. Buelita saw me wearing it. She said she could fit it to my size."

She swallowed hard and clasped her hands to keep them from trembling. "I'm sorry, Mom—but if you had only seen Buelita this morning. Today she called me Malinda. Then she pinned up the back and sides just

like she used to fit me for Easter dresses. I—I thought if she was doing something she used to do—like sewing—maybe she might remember other stuff too. I'm sorry, Mom. Please don't be upset with Buelita." She stared down at the ripped seams of the black dress. She sighed, ready to accept her mother's punishment for acting so selfishly. "It was my fault, not hers."

Mom's cool hand wrapped around Amanda's wrist. She squeezed gently. "Thanks for telling me the truth, Malinda. I got so upset by what your grandmother *said* that I didn't stop to think about what she was *doing*. She did look happy as she took the dress apart and chattered about ways to fix it." She straightened up in the chair and gave Amanda a stern look. "But there's still the fact that this dress is too mature for a fourteen year old girl. Where were you planning to wear this dress anyway?"

Amanda's voice was very low. "To Loyola's party."

"Ah-ha—that's the party Buelita was talking about. Now this makes more sense." She gave her daughter a nod. "Well, I need to start supper. You take this dress and put it back in my closet for now. Later we'll talk about that party of yours." She stood up and walked to the kitchen.

Amanda pulled the dress across the table and crumbled it together like it was old rags. She had probably blown her chances of going to the party. She grabbed her purse and the expensive earrings that matched nothing in her closet and stomped upstairs. She hung up the dress, sticking it in a far corner of her mother's closet. She walked into her bedroom. Luckily her little sister wasn't around to ask nosey questions.

Amanda flopped onto her bed and stared at the ceiling just as tears stung her eyes. She wiped the tears as quickly as they slipped out. Was she crying for herself or for Buelita? How she wished she never taken that stupid dress!

It took a few moments before Amanda realized that her grandmother was calling out, "Malinda! Malinda, come here."

Amanda sat up and wiped her cheeks. She climbed off the bed and walked to her grandmother's room. "Do you need something, Buelita?"

Her grandmother was trying to lift the lid on the wide wooden chest near the sewing machine. "I can't open this. *Ayúdame*, help me."

Amanda knelt down beside it. "You have to press this button first, Buelita." She pushed in the metal lock and then lifted up the lid. "See?"

It had been years since Amanda had looked inside this wooden chest where her grandmother had kept extra fabrics. Various colors, patterns and rich solid colors were piled inside. "What are you looking for, Buelita?"

"Do you know how to sew?" Buelita reached down and took a piece of yellow fabric with pink flowers into her hands. "Pretty, no?" She waved it in Amanda's direction. She dropped it and picked up a piece of bright red fabric with tiny stars.

Amanda's eyes widened. "I remember that material, Buelita. You taught me to sew a skirt using it. Do you remember when I made the skirt for a school play?" She smiled up at her grandmother. "Do you remember that?"

The old woman looked at Amanda and gave a little smile. "We made the skirt together. You sewed crooked stitches, Malinda. I had to fix them."

Amanda looked back into the chest again. She dropped her hand among the fabrics and enjoyed the feel of the different textures on her fingers. She felt something cool and smooth, and gently pulled the material up from the bottom of the pile. It was a maroon fabric with tiny black diamonds shimmering across it. "Buelita, this is beautiful material, isn't it?" And then she thought, *this could look so cool with my new earrings.*

She spread the fabric over her lap and looked up at her grandmother. "Buelita, do you think we can make another skirt together?"

The old woman stared hard at Amanda as if she struggled to find the right answer. She finally said, "*Bobbins and Lace* closes early on Saturdays."

Suddenly Amanda remembered and understood her grandmother's words.

Amanda told her, "The sewing store will be open tomorrow, Sunday, too. What do you need to buy, Buelita?"

"A pattern, some new thread and a zipper." Her grandmother spoke as if she knew exactly what she wanted. "We can make *una falda para una fiesta.*"

Buelita's happy voice made Amanda smile. It didn't matter if she wore the skirt to Loyola's party, or if she even went to the party at all. Sewing together could give her a way to stay connected to her sweet Buelita even if other memories slipped away.

Amanda set aside the pretty fabric for her skirt and reached for a different piece. "There are so many pieces of material here, Buelita. What should we make with this one?"

TOUCH OF WAX

Well, it started because my little brothers wanted to—

Hey! Don't poke me, Carolina. I need to start with this morning, or else he won't get it. And don't call me stupid, either. I'm the one who screamed, so I need to explain it my way. And don't sigh. You can sigh all you want if the manager doesn't let us go back in, okay?

So, sir, I have to tell you about my brothers first, okay? Then I can explain why I screamed so loud—and hey! What if I had been an old lady instead of a teenager, and then she had a heart attack—

Ssshhh! Carolina, he already looks mad enough. Stop butting' in!

Yes, sir. I can talk faster. Well, it's because my little brothers wanted to swim in the motel pool today, but me and Carolina wanted to do something else. So Mom found this wax museum on a map downtown, and it was only three blocks from the motel. Dad walked us down here, and said he'd be back in two hours.

So we pay our twelve bucks each—and by the way, sir, that's *waayyy* higher than any museum we saw on a field trip. Anyways, Carolina and I go in and wow! We saw some cool stuff inside. We wanted to jump those velvet

ropes you got set up everywhere, but you got us girls, not our stupid little brothers, so you lucked out there. We didn't go jump any rope or anything. We didn't break any rules like that.

You have to admit it! I mean the wax dummies looked like the *real* Freddy Kruger and President Obama and Selena in her sparkling white dress and all . . .

"How do they make them so real?" I told my sister when I saw Selena. "Umm—you don't think that's a dead lady underneath there, do you?"

I saw *House of Wax,* the first one, you know. My Papa Grande loves us to watch old black and white movies. Papa Grande doesn't believe in cable TV, but he loves showing us videos. Well, in the movie there's this murderer who hides dead bodies under the layers of wax and nobody knows. There is this girl who's about to get all waxed—and I mean it's not like a hot wax you get at the car wash—because you can tell she's naked, and you just wait to see if they will show her like they do on cable shows—

Stop it, Carolina! If you poke me again, I'm going to—

Sorry, what was I saying? Oh yeah about the girl and the wax. Well, just at the moment you could see her something, the guy rescues her. He tosses his jacket over her body right at the moment the movie camera could have shown her naked—what?

So you saw the movie too, huh?

Really? You sell the movie in the gift shop?

Okay, but here's the truth. Ever since I saw that movie I've wanted to go to a wax museum. But we got

nothing like this in Seguin. That's why we begged Mom and Dad to let us come here.

Yes, sir, I am old enough to read the signs about dirt and body oils—and no touching—yes I read all that, but it doesn't really matter because you got all the statues behind ropes, or up on roofs, or behind wooden fences. But you got to understand us—okay, me then—I am thinking about *House of Wax* and I'm seeing all these wax dummies that look like real people, and I'm wondering if there's a real dead body inside—

And no, Carolina, you don't need to tell the man I want to be a movie actress and I like to write down stories in my journal instead of doing math—because he doesn't need to know it, that's why!

Sir, I'm just trying to explain why I couldn't stop myself. I saw a wax dummy that wasn't blocked off by ropes and fences. It was all alone in the corner, and the dummy was dressed like a zombie. I was ready to explode.

How did these wax dead bodies feel?

I had to know.

So when I saw the zombie guy standing alone against one wall, I knew I had my chance!

I ran ahead of my sister, reaching out with one finger. Then I stopped. I could hear my sister breathing right behind me.

Admit it! You wanted to touch it too! Oh, well, whatever!

So okay, it was all me. It was all my fault. And yes, I'm the one who stepped up to the wax face. I mean he was all alone.

That's when I held my breath. Slowly I got my little finger to his waxy nose. Just like this, see?

Suddenly the guy says, "Good morning, girls!"

I screamed, so did Carolina! Zombie guy started laughing at us. I'm telling you he was laughing, *right, Carolina?*

Then *you* show up, dressed like Zorro, but you're really the manager. Then you pull us out to the lobby. But we didn't do anything bad, we shouldn't get thrown out.

Yeah, you're right, Carolina. It's *not* fair that all the people who work here wear costumes.

Mister Zorro, we paid our money, but we haven't seen the Chamber of Secrets yet. It's just zombie guy scared us, so we screamed. Even that zombie started laughing. He didn't get mad like you.

So can my sister and I go back inside now? Wait, what? What did you just say?

Yeah, Carolina, I heard him. No zombies work at this museum.

The Naked Woman on Poplar Street

No one on the Salvador High School cross-country team believed Camo Salinas when he said he saw a half-naked woman on Poplar Street.

"You're nuts," Lucas Vera told him. "You were probably thinking about some woman to take your mind off the burn, and you started hallucinating, man."

"I'm telling you, I saw her—she had a robe on, but it was down around her waist. She was showing off her *sandías,* Lucas—big ones, too." Camo wiped the sweat off his face and smeared it down the top of his shirt. "I'm telling you, Joe, there's a naked woman waiting for us on Poplar Street."

"Okay, man." Joe Morales pressed his locker closed and turned around. "After we change, we'll get back in your truck and look for her."

The three guys had been friends since they got cut from the freshmen football team last year. The track coach took them in, but they had no idea that all track athletes had to also run cross country in the fall. Camo, Lucas and Joe were lousy distance runners, but with so few members, no one got cut from the team. Finding a

naked woman on the running route could give the three of them bragging rights, and earn a little respect from the seniors who had named them Stumblers from the very first practice.

So they showered and hauled it out to Camo's Ford pick-up in record speed. And so the search began.

Camo had to drive a few miles before he got to the corner of Poplar Street and Evergreen that was part of their run every afternoon. By now, traffic was thick with rush hour and each boy in the truck cruising slowly down Poplar felt a thick pool in his gut. Camo slowed down to follow the street where they had run two hours before, but the neighborhood was different with kids riding bikes, old men watering the grass, and a few men sharing beers and stories at work trucks parked in their driveways.

"Which house was it?" Lucas asked. He rode shotgun. As soon as they turned the corner, he rolled down the window, slung his arm out and gave each house an avid stare. "Do you remember?"

"Not sure," Camo answered. He cursed under his breath. "One minute I slow down and I'm rolling a cramp out of my neck, and boom—there she is, right behind a screen door, showing me her stuff."

Joe, who was squeezed between them in the front cab, shifted his knees against the dashboard. "So did you stop and talk to her, man?"

"Naw, I just kept running—I was already a block behind the rest of the team, and Coach's already on my case for being a slacker, so I took off."

The guys drove up and down Poplar Street for twenty minutes, but no one spotted anyone naked anywhere.

The next day after school the sophomores agreed to run as a pack, but even with everyone looking, nobody spotted the woman. They broke into their own patterns as they ran around Elm Street Ditch, especially when it started raining, and no one cared about anything but getting back to the gym and out of cold clothes. Before they made the second loop through Poplar Street, Camo dropped back with a painful stitch under his ribs and fell behind. He jogged in place a few moments, rubbing his ribs. He took a deep cleansing breath and glanced at a nearby house.

There she stood—only this time, there was no robe. He could see a naked woman as if she was covered by a gray mist—but it was really only a dirty screen.

Camo's mouth dropped open in a gasp that almost choked him. The rain hit his tongue, making him gag on saliva, shock and wow. He started to yell out at Lucas and Joe at the end of the block, but a rumble of thunder made him realize he needed to get off the street or lightning could fry him like a chicken leg.

By the time he ran and caught up to the others, they were all running in heavy, cold rain.

Once inside the locker room Camo exclaimed, "I saw her again."

Lucas whipped a towel in his direction. "Camo, how stupid do you think we are?"

But Joe did a quick turn. "You saw the woman again? Naked?"

"Yeah, this time there was no robe. She stood behind a dirty screen. I could tell she had long hair," Camo told them.

Lucas frowned. "I think lightning cracked your brain."

"I swear! On the sacred head of my dead *abuelo*!" Camo's fingers crossed over his heart for dramatic effect. "I'm telling the truth about a naked woman on Poplar Street."

Once again the sophomores piled into Camo's truck and drove back to Poplar. This time, Camo swore he could recognize the house by its screen door. Who would have guessed that every house on Poplar Street had dirty screen doors?

The following day as practice started, the three guys promised to work together to spot the woman. They let the rest of the team get a couple of blocks ahead and then the three of them slowed down, despite the chewing out they faced from Coach for lousy times.

Once they reached Poplar Street, Lucas said, "Camo, you go first, since you've seen her before. And if you don't see her, maybe one of us will get lucky!"

Camo ran solo down Poplar Street hoping to spot her. He didn't, so he jogged in place at the corner and motioned Joe to run down next.

Once Joe reached him, Camo asked, "Did you see her?"

"Don't you think I would have stopped and asked her name, Idiot? Why would I run to you when I could stare at her?" Joe's anger was easy to ignore. Of all of them, Joe was always the horniest.

Both guys gestured to Lucas to run toward them, but no woman appeared. Each of them took a turn running

back and forth on the street until they knew they needed to run to the ditch before the upperclassmen figured out the sophomores never ran the full length of the trail Coach had set up for training.

But Coach was waiting outside the gym for the Stumblers. "The past two days you three have been coming back long after everyone else. What's up?"

Joe mumbled something about cramps. Lucas blamed it on his dad refusing to buy him new shoes. Camo shrugged and played dumb. Coach didn't buy it.

"You stay up with the team, or they'll be hell to pay," he told them and walked toward the coaches' office, munching on a bag of *chicharrones*.

Lucas and Joe stared hard at Camo. He decided to play dumb a while longer.

They saw nothing the next two weeks, so Camo decided it was some optical illusion or maybe just a head dream from pushing himself to run harder. The others eventually forgot about it too. The three sophomores were still at the end of the pack in running the route, but their times improved a little, so at least Coach left them alone.

On a Wednesday, a week or so after grades came out and the team lost two of the best runners to no-pass no-play, Camo ran ahead of his two friends down Poplar Street. He found a comfortable stride, when he glanced at a faded wooden house with a chunky front porch, and saw the woman once more.

He had finally found the house again. Hard as it was, he took his eyes off the woman for just an instant to

look at the house number above the door. He mouthed the numbers 7-2-7. Now he had proof for the guys, and then the three of them would be the envy of the track team. The older runners would be so jealous.

7-2-7.

7-2-7.

Camo played it cool, and ran around a small circle on the front sidewalk, until he slowed to a jog and ran back to meet Lucas and Joe puffing up the road. He merely said, "There she is," jogged a circle around them, and said, "7-2-7."

Camo said the numbers again and again until Lucas and Joe started chanting with him. And like a pack of horny dogs, they ran toward the house, slowing down, jogging in place, staring at the woman on the porch.

They saw big breasts, the fleshy middle and her bare legs from under the door slat covering her most private parts. Sweat rolled down their backs, cooling their sizzling skin. Each boy stared passionately at the wisps of long hair, hanging over her bare shoulders. A curtain of shadows from the afternoon sun was keeping her face hidden, but they still got an eyeful of skin and dark curves.

Slowly she stepped from behind the door. The boys kept jogging in place, their legs heavy and throbbing. Who would be the first to speak?

Then she opened her brown arms wide to the boys. A second later, every lustful thought shattered hard in grim reality: an old woman's face! An old woman's body! Like somebody's grandma, and who wanted to see their grandma naked?

The boys stumbled blindly into each other. They raced away from the house, running fast toward the ditch.

Together they decided not to run back through Poplar, but take another route back to the school. They would face Coach's wrath like a team—probably two weeks of 5:00 am runs in addition to the afternoon runs they had every day but Sunday. It felt like a fair penalty after staring at a naked old lady.

They chose silence and punishment—stoic and proud—but really there was no pride in what they knew. And before they reached the gym, they all agreed to tell Coach there were just too many loose dogs on Poplar Street, and he should find the team another practice route for the rest of the season.

／
Acknowledgements

Crooked Stitches was originally written for *Memory Bridge: Stories about Young Adults Confronting Alzheimer's* (BSI, 2007)

Trajectory was published in *Pecan Grove Review XII* (Pecan Grove Press, 2011)

The Naked Woman on Poplar Street was first published in *Juventud! Growing Up on the Border: Stories and Poetry* (VAO Publishing, 2013)

Ideas for Conversation

- If you were Lucy's best friend in the story, "There's a Name for this Feeling," could you explain to her family why Lucy can't accept the breakup? What advice could you offer to help Lucy cope with Rodrigo's rejection?
- Both "Raymond's Fireworks" and "Trajectory" involve an incident with fireworks on New Year's Eve as the focal point of the plot. What is the attraction to fireworks when everyone knows they are illegal in city limits? Discuss the role of friendship in both stories.
- "Trajectory" and "A Small Red Box" present tragic circumstances for both main characters. Evaluate how each character copes with the sad events. How does Rubén's decision for his children make you feel? How and why does the clown's sympathy (rather than her mother) help Inez? Do you think Inez ever opens the small red box? Why or why not?

- "My Twisted Tongue" presents a young girl having difficulty speaking two languages well. Have you ever felt your tongue gets "twisted" in speaking another language? What role does the flashback scene play in understanding the decisions made by the characters?
- "Agapito" is a short-short story about a boy and his obsession. Is there a food you love to the point of an obsession? How do the repetition of words and the description of simple actions create conflict and reveal character?
- "A Touch of Wax" is told as a dramatic monologue. Are you familiar with this style of storytelling? Have you read other stories told in this style? Identify the main characters and the way each one is revealed through the narrator's defense of her actions.
- "The Naked Woman on Poplar Street" is a mystery story about a search. What makes this search such an important one for Camo and his friends? What's at stake? What do you think about their decision to keep silent after they all see her? How do various themes of "teamwork" develop in this story?
- "Brake and Shift" and "Crooked Stitches" share a common theme. Describe the ways Joaquín and Amanda struggle to accept the changes in their grandmothers. How do their families also struggle? Do you know someone in this situation, or do you have an elderly relative that creates worry and concern in your family? What advice or help can you provide?

- At the end of “Brake and Shift” and “Crooked Stitches” both Amanda and Joaquín make an important realization. Can you predict what happens next in their relationships with their grandmothers? Although it might be simple to say “They’ll make time to spend with their grandmothers,” what realities in a teenager’s life make a simple solution difficult?
- What is your impression of the old woman in “The Naked Woman on Poplar Street”? Does a comparison with the elderly characters in “Brake and Shift” and “Crooked Stitches” make a difference in the way you think about her?
- In the first story, Lucy says “There’s a name for this feeling of two things happening, good and bad.” In each story identify some of the “two things happening, good and bad” for the main characters. Can you put a “name” to the feelings of the different characters as they discover the good and bad in what happens to them?

Ideas for Writing

- "A Touch of Wax" is written as a dramatic monologue. The main character defends her actions by telling her side of the story. Make a list of simple situations when a main character needs to explain carefully or face unhappy consequences. Before you start writing, ***reread the story*** and study the way the author uses "invisible" comments and questions inside the monologue to keep the plot moving. How do readers know the questions even when they aren't spoken? Choose one situation from your list and begin writing a story that includes responses to "invisible" questions as the plot unfolds.
- The short-short story "Agapito" builds its characters and plot on a repetition of words and phrases and a logical sequence of events. Reread the story and study its structure and language. Notice the way careful punctuation marks like commas and periods help prevent confusion. Make a list of possible characters and an obsession for each one with potential for trouble, then choose the most creative idea and start writing. Don't be afraid to draft several versions until you discover a way to end the story.

- "The Naked Woman on Poplar Street" is a story about a search. This plot structure is very common in Greek mythology, in Shakespeare's stories; in literature like *The Lord of the Rings* and in movies like *Raiders of the Lost Ark*. Write a story where you place your characters on a search for something that could change their fortune or improve their situation. Whether you chose the search to end well or to end badly is your decision as the writer. And don't steal an idea you've already read in a book or seen on TV. Use your imagination to create something new.
- Take any of the stories in the book, and write new fiction from another character's viewpoint. For example, what if Rodrigo tells the story of Lucy's unexpected arrival at his brother's wedding? What if Uncle Tavo tells the story of how he came to buy The Cucaracha and why he sells it to the boys? What if Coach tells his story about what he thinks of the Stumblers? What if the neighbor sees Nanita's car in his front yard and comes outside?
- "Raymond's Fireworks" and "My Twisted Tongue" present first person narrators sharing an experience. Each is fiction, but presented as if a story was true. Think about a story that has been told to you, a story that didn't involve you at all. For example, something that happened to your dad or your mom when they were your age; a story your teacher told about one of his kids or something you witnessed at the park between others. Climb into the shoes of someone else, use the first person pronoun "I" and create a story.

- Write a poem using the title "There's a Name for this Feeling." Consider writing a narrative poem (a poem that tells a story) or write a "list" poem (a list of images or descriptive details sharing the same theme or idea). For example, can you describe one time when a hard lesson taught you something important? Or can you list ten different images that show one specific feeling?

About the Author

If you asked Diane Gonzales Bertrand to stop writing, you might as well ask her to stop breathing. Give her a photo, a piece of junk, a *dicho* or a song title, and she'll start imagining a story, outlining a poem, or recalling a memory to write inside her notebook. Writing has been a constant companion since she learned to print the alphabet. She always made up imaginary playmates and friends to accompany her on adventures and outings no one else could see. Now she calls her imaginary folk "characters" and enjoys the creative process as she experiments with possible plots, new settings and different ways to use language to help readers connect to her stories.

Bertrand grew up in San Antonio, Texas, in the Woodlawn Lake neighborhood. She went to Little Flower School and Ursuline Academy where she learned from wonderful nuns and teachers who taught her to understand and appreciate English grammar and literature, history, math and science. She gained confidence in writing from patient family members who listened to her poetry and who clapped when she wrote plays for her cousins to perform at family gatherings; from Girl Scout friends and troop leaders who laughed

at funny skits she wrote; and from her students who liked the way she incorporated the Latino culture into new lessons on grammar and understanding Shakespeare. She earned English degrees from The University of Texas at San Antonio and Our Lady of the Lake University. She's worked as a teacher in schools and in community education programs since 1979.

Currently Bertrand is Writer-in-Residence for the English-Communication Arts Department at St. Mary's University. She teaches English composition and creative writing and guides students who publish *The Pecan Grove Review,* the university's literary magazine. St. Mary's Pecan Grove Press recently published her first poetry collection *Dawn Flower*.

Bertrand has published many children's picture books and novels for children and teens through Piñata Books, a division of Arte Público Press. Her most popular books for teens include *Trino's Choice, Trino's Time* and *The F Factor.* A complete list of her books can be found at www.artepublicopress.com.

Also by Diane Gonzales Betrand

Alicia's Treasure

Close to the Heart

El dilema de Trino

The Empanadas that Abuela Made /
Las empanadas que hacía la abuela

Family, Familia

The Last Doll / La última muñeca

Lessons of the Game

El momento de Trino

Ricardo's Race / La carrera de Ricardo

The Ruiz Street Kids / Los muchachos de la calle Ruiz

Sip, Slurp, Soup, Soup / Caldo, caldo, caldo

Sweet Fifteen

Trino's Choice

Trino's Time

Uncle Chente's Picnic / El picnic de Tío Chente

Upside Down and Backwards / De cabeza y al revés

We Are Cousins / Somos primos